Engel brüllen leise

A. A. Hoffmann

Bibliografische Information der Deutschen Nationalbibliothek: Die Deutsche
Nationalbibliothek verzeichnet diese Publikation in der Deutschen
Nationalbibliografie; detaillierte bibliografische Daten sind im Internet über
dnb.dnb.de abrufbar.

© 2020 A.A. Hoffmann
Herstellung und Verlag: BoD – Books on Demand, Norderstedt
ISBN: 978-3-7519-3575-3

Einleitung

Ich bin kein Revolverheld, mein Name ist nicht Clint Eastwood und ich bin unbewaffnet. Die Grundvoraussetzung, dass ich als Held aus der Geschichte hervorgehe, ist sehr gering, aber ich gebe mein Bestes. Und wie das mit Geschichten so ist, fällt mir der Anfang nicht schwer. Sie dann weiter zu führen, bis zum Ziel und den Faden nicht zu verlieren, liegt oft gar nicht in meiner Hand. Über Seite zwei bin ich nie hinausgekommen. Trallalala, sehen wir es mal optimistisch, fang an und hör nicht auf. Kacken wir doch alle zusammen auf die Pessimisten. Und dann singen wir alle zusammen „I can see clearly now" von Johnny Nash. Denn eins ist völlig klar: Wenn hier einer das Recht hat, optimistisch zu sein, dann bin ich das. Dafür ist einfach zu viel passiert. Man muss Gefühle in Gedanken umwandeln und diese dann zu Worten formen. So hat sich ein Ereignis in meine Erinnerung gebrannt wie nie zuvor. Ich möchte es jetzt nur kurz anschneiden, werde aber wohl immer wieder darauf zurückkommen. Und am Schluss werden wir sehen, wieso ich mir das Recht herausnehme, optimistisch zu sein.

Es geht um eine Holztreppe, die ich in mühsamer Arbeit restauriert habe.
Aber stellen wir die Treppe wieder hinten an die Schlange und behandeln erst die anderen Patienten.

Steter Tropfen höhlt den Stein
(Die Jahre 2003 bis 2012)

Wo finde ich meine Füße?
Normal reicht ein Blick nach unten.
Die Form ist klar definiert... Griechisch...
Wobei, wenn man nach unten schaut, sieht man nur Socken oder Schuhe, eher selten Füße.
Socken und Schuhe werden überbewertet. Wozu die ganze Fußpflege, wenn wir die Füße dann wieder einpacken? Vielleicht, weil es sich ohne Hornhaut schlecht läuft? Nun ja, Logik bleibt für gute Optik oft auf der Strecke. Also runter mit der praktischen Schicht.
Ich bin immer sehr gerne barfuß gelaufen, nicht nur drinnen. Gerade draußen spürt man doch die Freiheit der Füße. Man fühlt, dass die Füße fühlen, was du nur siehst.

Wie gesagt, die zwei da unten waren optisch optimal aufeinander abgestimmt. Eher schmal, die Mittelfußknochen waren gut zu erkennen. Es ist sehr wichtig, Dinge an sich selbst gut zu finden. Am besten natürlich alles. Über dreißig Jahre hatte nie einer etwas an meinen Füßen auszusetzen. Dann lernte ich meine zukünftige Frau kennen, die mir sehr schnell zu verstehen gab: „Deine Füße sehen zu abgenutzt aus. Zu viel Horn." Sie hat es sicherheitshalber jeden Tag wiederholt.
Doch Horn schützt vor spitzen Steinen, es lässt deinen Gang auch auf Glassplittern elegant erscheinen. Das, was du fühlst, soll dich ja nicht in die Knie zwingen, es soll dich stark und selbstbewusst machen! Sag ich.
Aber die kann mir ja viel erzählen, denk ich mir. Ich finde sie super, die Füße............. Oder?
Die Jahre verstrichen. Die Frau von der Fußpflege, beauftragt, von wem auch immer, kam ständig zu mir. Das Thema Füße blieb stets

4

aktuell und so kam in mir dann doch ein Zweifel hoch, der sich wie ein Wurm in meine Gehirnzellen einnistete. Und sein Appetit war nicht zu zügeln. Er bevorzugte meine Selbstachtung und schied sie als Scheiße wieder aus. Haben mir meine Freunde und sogar die flüchtige Verwandtschaft etwas verschwiegen? Was war mit den Beziehungen, die ich vorher hatte? Sind sie deswegen schon nach wenigen Monaten zerbrochen? Ich kann mir nur an den Kopf fassen, war ich so blind? Meine Füße, die ich über alles liebte, haben mich verraten. Man erlöse mich von meinen Füßen. Ich säge sie ab, ich hacke sie ab, dreh sie auf links. Ich will sie nicht mehr sehen. Lass' uns Socken kaufen in den buntesten Farben! Lass uns Schuhe kaufen, egal wie viele, egal wie teuer! Modern müssen sie sein, und gefallen sollen sie nur dir, mein Geschmack, egal. Zeig mir deine Welt der Schuhe, meine Welt schmeiß ich über Bord, Tschüssi. Für meine Fußpflegerin lauf ich auf Händen, bis zum Horizont. Und da schau', meine ausgestopften Füße stehen auf dem Speicher, bei meiner Plattensammlung. Alles, was ich mal war, hab' ich in Kisten gepackt und eingemottet. Spinnen spinnen meine Welt ein und verhungern an ihrer Einsamkeit. Das Licht blättert von den Wänden.

Kleines Gedankenspiel

Die Sonne schweißt sich in mein Gesicht.
Mit zusammengekniffenen Augen fixiere ich mein Ziel.
Das Ziel liegt irgendwo hinter dem Horizont.
Ich mache kleine Schritte, die immer größer werden.
Hätte ich Flügel, würde ich jetzt abheben.

Zu meinem Erstaunen, egal wie schnell ich auch laufe, komme ich dem Horizont nicht näher.

So ist das mit dem Horizont.

Physikalisch völlig logisch.

Doch was interessiert mich die Physik, auch sie werde ich noch überwinden.

Die Treppe (Teil 1)

Zurück zur Treppe, meine Damen und Herren.
Ein Auf und Ab, aber in diesem Fall geht es um den Weg nach oben. Der gar nicht lange genug dauern kann, wenn man weiß, was einen erwartet. Und ich schreie es heraus...., Stille Lärm Erwachen...
Du musst oben ankommen, denn es ist...., Das Leben was uns verlässt...

Dampfwalze (Im Jahr 1989)

Zack, da sind wir wieder. Die Musik hämmert dir Zementblöcke ans Ohr. Bamm Bamm, Doppel-D-Sound haut mir in die Fresse. So schnell kann man gar nicht trinken, wie der Bass dir die Promille aus dem Magen boxt. Es ist das Jahr 1989, komme mir vor wie ein Zwerg unter Riesen. Gutaussehende Kellnerinnen, leider zu alt, oder ich eher zu grün. Typen mit Händen so groß wie Bratpfannen. Die, wenn du sie zu lange anstarrst, dir den Sinn des Lebens aus dem Schädel kloppen. Also wohin starren?

Und dann kommt sie und fragt:

„Wer bist du denn?"

„Hab' ich gerade im Moment vergessen."

„Schade."

Ich glaube, ich bestell' noch ein Bier, der Bass liegt mir schon schwer auf dem Magen. Für Frauengespräche fehlt mir im Moment der Tiefgang. Mag nicht in meine Gefühlswelt tauchen. Mag schwimmen an der Oberfläche. Mag Bier. Mag viel Bier.

„Vier Bier bitte!"

Wo bleibt mein Kumpel?

„Whole lotta love" von Led Zeppelin schlägt sich eine Bresche durchs Publikum. Die Stimme sägt an meinen Nerven, die Gitarre kompakt, dann ein Break und das Schlagzeug leitet ein. Chaos bricht aus. Wenn du was geraucht hast, bist du jetzt verloren. Da endlich, die erlösende Gitarre kommt zurück. Alles wird gut. Und der Bass schlägt mir wieder in den Magen. Wo bleibt mein Bier?

Hätte jetzt Bock zu vögeln.

Ja 1989 bin ich noch jungfräulich. Welch eine Schande, aus damaliger Sicht. Aus heutiger Sicht, achtundzwanzig Jahre später, unbedeutend. Zurück zum Thema Vögeln…., haken wir hier direkt ab. Vor 1990 passiert da gar nix. Zurück zum Bier. Von den vieren hab ich schon drei vernichtet und glaub immer noch daran, heute entjungfert zu werden. Jetzt weiß ich auch wieder, wo mein Kumpel ist. Der sitzt noch bei mir im Auto. Hab vergessen, ihn wach zu machen. Ich trinke jetzt noch gepflegt 20 Biere, dann schauen wir mal, was der Kumpel macht, beziehungsweise ob er die Heimreise mit mir antritt, mit 2,8 Promille. Wie schnell man 20 Bier trinken kann? Es liegt wohl am Bass. Meine Füße tragen mich nach draußen, mein Oberkörper folgt zögerlich. Mein Kopf dreht sich auf meinem Hals, wie ein Karussell. Die Hände hängen hilflos an den Armen. Das einzige, was an meinem Körper noch funktioniert, sind die zwei da unten. Ich mach' meinen Kumpel wach und sage:

„Es geht nach Hause, so Gott will?"

Damals glaube ich noch an Gott, meine ich. Mein Kumpel hat immer Springerstiefel an, weshalb jeder, der ihn nicht kennt, annimmt, er sei ein Nazi. Die Schubladen sind damals genauso schnell belegt wie heute. Ob er einer war? Ich hoffe nicht. Wenn, dann war er ein schlechter.

Ich setze mich ans Steuer, er ist halb wach. Gang rein, rückwärts. Erster Gang, vorwärts. Es läuft, auch mit ca. 2,8 Promille. Die Mucke voll aufgedreht, das Auto kennt den Weg, auch ohne Navi. Genetisch bedingte Alkoholkontrolle. Bis zu dem Punkt, wo wir den Bordstein streifen. Mein Gefühl sagt mir, das Auto hängt vorne rechts etwas zu tief. Vorne rechts ist auch der Bordstein, und hinten im Kofferraum gibt es keinen Ersatzreifen.

Ich halte an.

Ich steige aus.

Ich gehe nach vorne rechts.

Der Reifen ist platt, zumindest unten.

Rechts, links und oben nicht?

Mein Gefühl sagt mir, dass man mit einem Reifen, der nur unten platt ist, auch nicht weit kommt.

Bin ich ein Pessimist? Ich

hole meinen Kumpel.

„Ich nehme den Wagenheber, du das Radkreuz!"

Er sagt nichts, er macht nur. Wir machen uns auf den Weg zum nächsten Auto. Kumpel folgt, ohne ein Wort zu sagen. Den fremden Pkw hochgepumpt, Reifen demontiert, Pkw abgelassen.

So einfach kann das Leben sein…., wenn der Reifen gepasst hätte. Auf zum nächsten Auto.
Selbe Automarke, müsste passen.

Die Treppe (Teil 2)

Achtzehn Stufen mit einem Teppich überzogen und von Metallstangen gehalten, die alles unter einer gewissen Spannung fixieren. Rostrotbraun gestrichen, das Holz, auch ohne Teppich keine Augenweide. Seit nunmehr siebzig Jahren sieht die Treppe so aus. 2009, nach der Geburt meiner zweiten Tochter, liegt es an mir, dies zu ändern.

Engel brüllen leise *
(Im Jahr ca. 1976 bis 1983)

Regentropfen perlen ab an diesem Fenster, wo ich von innen nach außen schaue. Ich träume, also bin ich. War ich sieben, zwölf oder vierzehn, irgendwo dazwischen, als ich merkte, dass ich Dinge mit anderen Augen sah? Um mich eine Welt, die auf den ersten Blick kalt und oberflächlich erschien. Leute kreuzen meinen Weg, ohne nach vorne zu sehen. Doch zwischen all dem Grau erblickte ich etwas. Wärme, aber gut versteckt. Liebe, bei einer kleinen Minderheit. So beschloss ich, nie erwachsen zu werden. Erwachsene sind groß, sachlich und ohne Träume, getrieben von der Zeit. Der Beruf löscht den letzten Funken Freiheitsgefühl in uns. So stellen wir uns an, um gleichgeschaltet zu werden. Und die Frage ist, wo ist das Ich geblieben im Streben nach Geld. Nein, ich will nie erwachsen werden. Will mich nicht fügen, nicht anpassen. Will nicht, dass mein Ehrgeiz alles um mich herum zerschlägt und hinter mir nur Scherben hinterlässt. Doch es gibt ihn, den kreativen Fragenbeantworter. Der seinen Antworten aber sehr viel Spielraum gibt.

Die Musik.

Welch geniale Erfindung des Menschen, die dich beflügelt, dich ins Unendliche gleiten lässt. Dazu ein Blatt Papier mit Stift, für Schrift oder Bild. Malen, Schreiben oder Musik. Die Sehnsucht, sein Innerstes zu entdecken. Man versteht das Universum nur, wenn man sich selbst versteht. So viele Mauern um uns, ob von uns oder anderen. Ich mag brüllen, doch der Schrei verstummt, wird verschluckt von der Stille. Schüttelt den Dreck der letzten Jahre von euch ab, oder verpisst euch. Sonst male ich Bilder, die euch beschämen.
Mache Musik, die euch zertrümmert.
Schreibe Texte, wo ihr verwirrt aus dem Fenster springt.

STOP

Luft holen, auf's Wesentliche konzentrieren.
Es geht um mich, als ich noch ein Frischling war, nicht um Mitläufer und Anpassungsteams der Gesellschaft. Trotzdem könnt' ich mich auf euch übergeben. Aber nicht jetzt, später bestimmt. Lasst uns die Revolution auf morgen verschieben, hören wir Klassik, Bach Cello Suite No. 1 in G Major.
Bei dieser Musik bin ich ein Vogel, der zum Urknall wird.
Bin ich oder träume ich?
Kann ich ein Vogel sein?
Will ich ein Schiff sein?

So viele Fragen und niemand erkennt den fragenden Ausdruck in meinem Gesicht. Alle reden vom Wetter, vom Geld und vom „Was kommt um viertel nach acht im Fernsehen?". Wieso stehen die Schuhe mitten im Flur?
Es ist mir scheißegal, wo die Schuhe stehen, wenn ihr nicht wisst, wo ich stehe. Bin noch keine 16 und verstehe eure Welt nicht. Wenn ich ein Engel wäre, würde ich brüllen.

STOPPT DIE ZEIT.... FÜHLT DIE SINNE.... JETZT SOFORT.

Aber ich atme meine Kindheit aus und mit jedem Atemzug mehr Geldgeilheit ein...

Die Treppe (Teil 3)

2004 wurde meine erste Tochter geboren. Das Treppenproblem wurde weiter nach hinten verschoben. Wie ich schon sagte, bis zum Jahr 2009, der Geburt meiner zweiten Tochter.

2089 nach Christus

Durch einen Gendefekt gibt es mich immer noch.
Gendefekte müssen nicht immer positiv sein, wie in meinem Fall. Doch ist dieser Fall für mich positiv. Im Jahre 1968 geboren, und immer noch weile ich seit 130 Jahren unter den Lebenden und habe doch so viele Lebende für immer verloren. Die meisten der Menschen, die ich kenne, liegen unter der Erde. Es ist nicht abzusehen, wann ich diese

Welt verlasse, in welcher Form auch immer. Als Toter, als Zeitreisender oder als Astronaut. Meine Gedanken sind so klar wie schon lange nicht mehr. Meine Musik ist in meinem Gehirn abgespeichert, um jederzeit abgerufen zu werden und nur für mich hörbar zu werden. Peter Gabriel ist jetzt erwünscht. Blood of Eden.

Musik aus einer fernen Zeit, die lange zurück liegt und doch so nah wie nie zuvor. Lass uns die Zeitreise beginnen... in die Vergangenheit. Noch theoretisch in Visionen, aber bald auch praktisch, real.

Man nehme diese Pille und verschlucke sie, um danach diese Art Brille anzuziehen, die aussieht wie eine Brille. Manche Dinge sind so...., unveränderlich. Aber noch nicht jetzt. Die Pille muss warten.

Hab' mir nämlich dieses Teil hier gekauft. Einen Wahrheitsverdreher. Er ist klein, rund und aus Titan. Er leuchtet im Inneren blau. Was er kann?

Selbsterklärend. Er verdreht die Wahrheit ohne zu lügen.

So stand es in der Beschreibung.

Da steckt wohl jahrzehntelange, politische Erfahrung drin. Dieses Teil hat nur einen seitlichen Hebel, den man runter klappen kann. Bevor ich es einschalte, sollten wir die jetzige Wahrheit analysieren.

Ich höre Peter Gabriel, bin mittelprächtig gelaunt. Der Android gießt die Blumen. Ich hänge in der Hängematte.

So, ich drücke diesen Hebel nach unten. Das bläuliche Licht strömt nach außen in kreisende Form. Peter Gabriel singt auf Holländisch. Oh Gott. Meine Laune ist leicht verwirrt. Der Android wirft die Gießkanne in hohem Bogen, voll gefüllt, in Richtung Sonne.

Meine Güte, kann der hoch werfen.

Die sehen wir die nächsten Sekunden nicht mehr.

Und Androido sinkt zu Boden, auf die Knie. Und ich spüre seine Gefühle, die er nicht besitzt. Ich drücke den Hebel wieder nach unten. Das bläuliche Licht wird eingesaugt vom runden Titan. Die Gießkanne kommt zurück, bleibt mit dem Ausguss im Grasboden stecken. Peter Gabriel singt immer noch auf Niederländisch. Der Androide ist verwirrt, so wie ich. Die Wahrheit wurde verdreht, aber die Verwirrung bleibt. So kann es nicht bleiben. Ein depressiver Androide und Peter singt niederländisch. Hebel wieder nach unten. Alles um mich herum wird zum Blauton. Peter singt nicht mehr, dafür der Androide auf Englisch Mercy Street. Und Ik heb verward.

God verdomme.

Ik denken Nederlands.

En nu?

Vertaalprogramma.

Übersetzungsprogramm funktioniert.

Hebel wieder nach oben.

Ik frag mij wo das Niederländisch

herkommt. Leichte vertaling Fehler.

Übersetzungsprogramm bitte snel updaten.

Bedankt.

Bitte.

Der Android wurde doch nicht in Holland hergestellt?

Eher die Gießkanne.

Der Titanverdreher hat 'ne

Funktionsstörung. Das auch noch!

So, nehme die Pille und setze die Brille auf.

Wir sehen uns im Jahr 1991.

Die Treppe (Teil 4)

So einem rostigen Rot kann man nur mit Beize begegnen.

Das Rot muss weg. 2009 zum Baumarkt und Beize gekauft. Man sollte
viel Geduld mitbringen und stur sein, dann beizt es sich am besten.

Dampfwalze (1991)

Das Outfit des Boogieman brennt in den Augen.
Pinke Schlaghose, mit Glitzerstreifen an der Seite.

Eine Riesensonnenbrille verdeckt das halbe Gesicht. Kotzgrünes Hemd,
und ich hoffe, es ist nur ein Traum. Er steht auf dieser Bühne, ich sitze
im bestuhlten Saal, ganz alleine. Die Gitarre rührt, der Bass groovt, das
Schlagzeug ganz dezent und der Boogieman am Mikro. Seine Stimme
will gerade das Mikro befruchten, da kommt dieser Typ auf die Bühne,
der so aussieht wie ich, mit einer merkwürdigen Brille und schnappt sich
das Mikro des Boogieman. Er trällert direkt los, auf Niederländisch, ich
könnte kotzen.
Ein Glück, ich bin wach, war nur ein Alptraum.
Mit einer gewissen Leichtigkeit schlendere ich ins Bad. Die Haare
schulterlang und total zerzaust. Schnell einen Zopf angelegt, der nur die
hinteren Haare im unteren Bereich fixieren soll.
Das Stichwort... Leichtigkeit...
Ein Wort, das in meinem Leben noch eine wichtige Rolle spielen wird.
Doch im Moment, wo ich ins Bad schlendere und meine Haare richte,
ist mir nicht bewusst, dass ich diese Leichtigkeit besitze. Erst Jahre
später, wo ich sie verliere, wird mir dieses bewusst werden. Bin
dreiundzwanzig Jahre und die meisten Erfahrungen, die ich sammeln
werde, liegen noch vor mir.
Sie prägen und sie fesseln.

Schlagen tiefe Narben und leuchten als schöne Erinnerung am Himmel. So, die Haare liegen einigermaßen ungeordnet auf dem Kopf, so wie ich es mir vorstelle. Ein kleines Zeichen meiner tiefen Verachtung gegen diese geordnete Welt um mich herum. Die Kassette geschnappt, gefüllt mit 90 Minuten Musik. Ins Auto gestiegen, die Kassette bis Anschlag ins Kassettendeck geschoben und Vollgas. Den Lautstärkeregler ebenfalls bis Anschlag, so wie das Leben.

Das Auto liegt gut in den Kurven, begleitet von quietschenden Reifen.

Ich träume, darum bin ich.

Und die Musik ballert mir die Ödnis, die mich umgibt, aus dem Schädel, und die Unendlichkeit liegt vor mir.

Zeit ist relativ und ich bin Clint Eastwood.

Das Auto ist die Zeitmaschine, die die Zeit stehen lässt, bei jedem Tritt aufs Gaspedal. Die Musik ist ständiger Begleiter bei meiner Zeitreise in die Unendlichkeit. Beide Fenster runter gekurbelt, gibt dem Haar eine gewisse Verwirrung. Ersatzreifen hab' ich immer noch nicht, aber einen Teller Kartoffelsalat im Verbandskissen.

Wie der dahin kam?

Unwichtig.

Er ist halt seit zwei Wochen da drin.

Die Polizeikontrolle, die mich dann anhält und meint:

„Zeigen sie mir mal das Warndreieck und öffnen mal das Verbandskissen!"

Sind auch leicht verwirrt.

Wenn man nicht überzeugen kann, muss man verwirren.

Die Treppe (Teil 5)

15

Treppe eingebeizt. Die oberste Schicht wirft leichte Blasen, die dann mit einem Spachtel angekratzt werden. Nach diesem ersten Schritt, ist an wenigen Stellen ein Weiß zum Vorschein getreten. Treppe wieder eingebeizt und rostrote Blasen vermischen sich mit weißen.

Heute (2017)

„Time in a Bottle" von Jim Croce, oder vielleicht doch besser „Dancing in the Moonlight Harvest?"
Welches Lied passt am besten zu einem heißen Sommertag?

Was inspiriert mich, drückt meine Gefühle nach außen?
„Unendlichkeit" von CRO ist jetzt angebracht. Zweieinhalb Jahre ist es seitdem, als die Zeit für eine Ewigkeit stehen blieb. Eine Ewigkeit in sechs Monate gepresst. Blind und taub nach außen, in mir hellwach.
Raum und Zeit nur relativ.
„Time" von Hans Zimmer spiegelt meine Gefühle aus dieser Zeit in Perfektion wider. Das ganze Leben zerrissen, in unendliche viele Puzzleteile.
Ein 28. Januar 2015, der ganz normal begann und am Abend, um 21 Uhr 44, in sich zusammenbrach und alles um sich herum mit in den Abgrund riss.
Übrig blieb nur Stille.
Aus der Realität gerissen mit einem Vorschlaghammer, der mit über 1000 Tonnen auf mich einschlug. Ein Schlag reicht da völlig aus und du verstehst, dass du nichts mehr verstehst.

Und hier bin ich jetzt, heute, 2017. Der Zeiger der Uhr tickt wieder, unaufhörlich, mal laut, mal leise. Das Gras wächst wieder, mal schnell, mal langsam.

Ändert die Farbe, mal tiefgrün, mal strohblond. Mit dem Rasenmäher drüber gehuscht, schnibbel-die-schnibb, weg mit dem Rotz.

Tschüssi.

Bin der Rasenmähermann.

Und plötzlich tippt mir jemand auf die Schulter, ich drehe mich um, leicht genervt. Wer kommt denn jetzt einfach in meinen Garten und stört?

„Ach du bist es, Gott. Siehst wie immer Scheiße aus."

Gott: „Ja ich weiß."

Ich: „Du störst wie immer, kann ich was für dich tun?"

Gott: „Wollte nur wissen, wie es dir geht."

Ich: „Bist spät dran, könntest den Rasenschnitt entsorgen. Hätte dich was früher erwartet, so ca. vor zweieinhalb Jahren."

Gott: „War das Gras so hoch vor zweieinhalb Jahren?"

Ich: „Auch, ... aber du bist wie immer nicht auf dem Laufenden."

Gott: „Verstehe nicht."

Ich: „Wundert mich nicht, soll ich dir ein Butterbrot machen?"

Gott: „Gerne."

Ich: „Marmelade oder Sülze?"

Gott: „So wie letztens."

Ich: „Ach. Ich glaube, du kommst nicht, um zu helfen, sondern nur, wenn du Hunger hast. Rührei, mach' ich doch gern."

Ich latsche in die Küche, er folgt mir schwebend, sein Gewand reißt ein Glas vom Tisch und eine Blumenvase vom Schrank. Der Typ bringt nur Ärger.

Gott: „Das hab' ich gehört."

Ich: „Meine Gedanken oder Glas und Blumenvase?"

Gott: „Alles."

Ich: „Dein Gehör scheint ja noch gut zu sein, so wie dein Appetit. Den Rest würd' ich mal updaten."

Gott: „Hab' ich einen Musikwunsch?"

Ich: „Klar. U2, ‚A beautiful Day' wie immer?

Gott: „Ja zeker."

Ich: „?"

Gott: „Niederländisch."

Ich: „Hab ich befürchtet."

Gott: „Du weißt, wieso ich hier bin?"

Ich: „Ja sicher."

Gott: „Zeker?"

Ich: „Sicher!"

Gott: „Wieso?"

Ich: „Wegen dem Holländer, der so aussieht wie ich, mit der komischen Brille, in meinen Träumen."

Gott: „Respekt, hab dich unterschätzt."

Ich: „Das hast du schon immer. Zwei oder drei Eier?"

Gott: „Vier!"

Ich: „Gierig wie immer. Was ist mit dem Holländer?"

Gott: „Es ist wichtig, dass du ihn nicht verstehst, niemals!"

Ich: „Ich kann kein Niederländisch, aber hier und da verstehe ich schon mal ein paar Brocken. Es werden immer mehr Bröckchen."

Gott: „Vergiss das Salz nicht!"

Ich: „Niemals."

Gott: „Der Mensch in ferner Zukunft wird Zeitreisen
unternehmen können, was verheerende Folgen haben wird. Ich habe
keine Zeit mehr, um mich um das Hier und Jetzt zu kümmern."

Ich: „Du musst das verhindern, die Zeitreisen?"

Gott: „Ja. Die Vergangenheit würde sich ständig
verändern, damit gäbe es auch eine sich ständig
verändernde Zukunft."

Ich: „Zu stressig für dich?"

Gott: „Ja."

Ich: „Depression?"

Gott: „Ja."

Ich: „Weizen zum Eibrot?"

Gott: „Ja."

Ich: „Sonst noch was?"

Gott: „Bin stolz auf Dich."

Ich: „Schleimer."

Die Treppe (Teil 6)

Nach mehrmaligem Einbeizen gibt es keine rostrote Farbe mehr. Durch
die weiße Farbschicht kommt nun noch ein Grau hervor. Fahr' dann
nochmal Beize kaufen. Geduld und Sturheit sind gefragt und das
Abwehren aller Besserwisser, die sagen, das gibt nie was mit deiner
Treppe.

Steter Tropfen höhlt den Stein (2004)
Die erste Geburt und der erste Teilverlust der Leichtigkeit

Morgens um vier, die Wehen setzten ein. Nicht bei mir. Genau, bei
meiner Frau. Mein erster Gedanke und Satz:
„Bin aber noch müde und Hunger hab' ich auch."
Frau: „Ich glaube es geht los!"
Was habe ich gelernt bei der Geburtsvorbereitung?

--Schnauze halten--

Da kann man nichts falsch machen. Bin ich generell in der letzten Zeit
gut mit gefahren. Schnell in Hose, Hemd und Schuhe geschlüpft. Zähne
von links nach rechts geputzt. Gegen die geschlossene Tür gelaufen.
Kurz die Frage gestellt, wie geht es uns denn heute?
Keine Ahnung, beantworte ich morgen.

Jetzt ein Schnitzel mit Pommes zur Beruhigung, wäre eine Möglichkeit.
Ist wohl nicht angebracht, dies zu erwähnen. Einfach Schnauze halten.
„So Frau, ich bin fertig."
Keine Antwort.
Stimmt ja, Schnauze halten.
Mit einem Strammen Max wäre ich auch schon zufrieden.

KLEINES GEDANKENSPIEL

Schwein pfeift La Paloma
Ganzes Schwein dreht sich auf Spieß

Schwein pfeift immer noch
Schwein wird braun
Pfeift immer noch La Paloma
Schwein wird knusprig
Der Blitz trifft mich
Ich war vorher durch

GEDANKENSPIEL ZU ENDE

Der Blitz könnte meine Frau sein, ist meine Theorie.
Also keinen Gedanken mehr ans Essen verschwendet, ins Auto und die Reise geht los ins Ungewisse. Der Weg zum Krankenhaus vergeht wie im Flug. Das Auto ist eine Vier-Propeller-Maschine. Start und Landung sind ein Atemzug. Es geht alles ganz schnell, und meine Frau liegt schon bald leicht gekrümmt auf dem Bett in der Entbindungsstation.

„Soll ich Ihnen was zu essen bringen?", sagt die
Krankenschwester oder Hebamme zu meiner Frau.
Jetzt ist nicht der richtige Moment, um die Schnauze zu halten, denk' ich mir.
„Kann ja nicht schaden."
Sag ich. Meine Frau nickt, zum Glück, denn mein Gefühl sagt mir, diese Hebamme hat mich durchschaut. Es gibt Schweinebraten mit dunkler Soße, dazu Kartoffeln. Und ich denk noch, wenn es ums Essen geht, lässt Gott sich nicht lumpen.
Schwester verlässt den Kreißsaal.
„Schatzi ham ham?"
„Äähhrr puuu."

Ich tippe darauf, dass sie keinen Hunger sie hat. Ich fackle nicht lange, schlinge ein Stück Schwein mit Soße und Kartoffeln runter. Leg nach, der Mund ist voll, Schwester kommt rein, ich hab' gerade die Backen voll. Höre direkt auf zu kauen. Zu spät. Blicke mit Verachtung treffen mich. Der Blitz war doch die Hebamme. Hier kann ich heute keinen Blumentopf mehr gewinnen. Wir überspringen das Essen und kommen zum Wesentlichen. Es wird ernst. Frau verzieht Gesicht, sie presst.

Kommt Presskopf von entbindenden Säuen, denen man während des Werfens den Kopf abhackt?

Sie presst weiter, ihr Gesicht verschluckt die Schreie nach Innen. Ich stehe am Kopf, mit weit aufgerissenen Augen und doch innerlich ganz ruhig, mit einer gesunden Anspannung, um doch zu verstehen, dass hier gerade der Sinn unseres Daseins geboren wird. Das kleine unbekannte Wesen will nicht raus. Kurzerhand legt der Arzt sein Unterbein zwischen Brust und Bauch und drückt es heraus.
Der Fuchs. Respekt, ein Profi, denk ich.

Und da ist es. Ein Engel?
Ein Cello erklingt ganz laut und doch nimmt es keiner wahr, außer mir.
Meine Augen sind wässerig und ich weiß nicht wieso.
Halte gerade einen Engel auf meinen Armen.
Du so mir unbekanntes Wesen,
doch so zutiefst verbunden,
für immer und ewig.
Hunger weg.

Die Treppe (Teil 7)

Hinter dem Grau kommt allmählich die Natur hervor, Holz. So sah also die Treppe 1933 aus, unveredelt. Ich habe sie befreit, nach über siebzig Jahren. Habe alle Schichten der Vergangenheit gelöst.

Engel brüllen leise (1978)

Die erste Begegnung mit Gott.
Ein Schmetterling flattert vom Altar zur Muttergottes. Er meidet Jesus am Kreuz. Macht einen großen Bogen und fliegt an uns Kindern vorbei, in der ersten Reihe der Kirche.

Der Pastor redet, wie immer, wichtigen Unsinn, dem ich nicht ganz folgen kann. Er muss ein Außerirdischer sein, der mit uns Menschen wenig zu tun hat. Ich beobachte währenddessen den weißen Schmetterling, der unaufhörlich, ohne Pause, umherflattert. Die Orgelpfeifen stimmen an zum Gruppengesang. Ich fühle mich dieser Gruppe nicht zugehörig. Alte Frauen und Männer, jüngere Frauen und Männer, alle singen im Gleichklang, der Pastor singt voran. Seine Stimme ist die lauteste. Der Schmetterling zieht unaufhaltsam, vom Stimmenmeer nicht getragen, hektisch seine Runden. Er wird nur getragen von meinen Blicken. Von meiner Sehnsucht nach Wärme. Ich bin eins mit dem Flattermann, nicht mit den Frauen und Männern, egal wie alt, dieser Kirche. Bin eins mit dem, der Gott am nächsten kommt, hier an diesem merkwürdigen Ort. Die Orgelpfeifen verstummen. Der Gesang samt Führer legt sich.

Darf man das so schreiben?

Gott: „Darf man?"

Ich: „Danke."

Gott: „Bitte."

Ich: „Wer und wo bist du?"

Gott: „Ich knie hinter dir und nur du hast mich erkannt."

Ich: „Gott?"

Gott: „Gott ist nur ein Wort und erfasst nicht im Geringsten meine Bestimmung, meine Bedeutung, mein Sein."

Ich: „Die Leute gucken schon."

Gott: „Lass die Leute Leute sein. Sie sind hier um mir in den Allerwertesten zu kriechen, und doch sehen sie mich nicht."

Ich hole dann mal tief Luft. Der Schmetterling ist fort. Ich atme noch einmal tief durch und spüre einen sanften Windzug im Nacken. Ich drehe mich um und ca. achtzig böse Blicke treffen mich. Nur statt Außer einer, direkt hinter mir, blickt auf seine Füße und hat ein leichtes Grinsen in seinem Gesicht. Und für mich sieht er aus wie Gott. Dunkle lange Haare, leicht zerzaust, vorne lichtes Haar und einen Porno-Schnäutz.

Und er schaut mich an und ich sehe seine innere Ruhe, die ich so noch nie vernommen habe.

Ein Cello erklingt unweigerlich in meinem Ohr. Und ich verstehe, für einen Moment, alles. Meine Augen ertrinken und die erste Träne verlässt kullernd mein Ich und tausend weitere folgen, unkontrolliert.

Achtzig böse Blicke starren mich an, außer der in sich Ruhende, er schenkt mir Geborgenheit.

Ich: „Du bist es?"
Gott: „Ich bin noch viel mehr. Ich bin Alles und Nichts."

Die Treppe (Teil 8)

Die restliche Farbe, die tief ins Eichenholz eingedrungen ist, muss ich abschleifen. Mit Exzenter-Schleifer für die gut zugänglichen Stellen. Mit Dreieckschleifer für Ecken, Kanten und Winkel.

2089 nach Christus - Batman

Batman ist eine von Bob Kane erdachte und durch Bill Finger vor dem Erscheinen weiterentwickelte Comicfigur.

Nein, ist es nicht.

Grob betrachtet schon, beim genaueren Hinsehen erkennt man aber die Ursache.

Ich fange mal mit dem Wahrheitsverdreher an, der ja nun eine Funktionsstörung hat. Dann haben wir noch diese Brille, dazu die Pillen, die dich theoretisch in eine Art Vision, in die Vergangenheit schicken.

Wahrheitsverdreher, Brille und Pillen, die ich von ein und derselben Person erworben habe. Diese Person wohnt in einem Leuchtturm, in dem Dorf Urk, das in Flevoland liegt. Dort, wo ich gerade unten vor der Eingangstür stehe mit meinem singenden Androiden. Aus Urk ist wieder eine Insel geworden, aber viel kleiner als früher. Um es mal so zu sagen! Das Wasser ist 20 Schritte entfernt, rund um den Leuchtturm.

Ich öffne die nicht verschlossene Metalltür, und das Quietschen übertönt mein „Hallo".
Den Lautstärkeregler des Androiden auf Null justiert.
Langsam steige ich die Wendeltreppe hinauf, bis ganz oben, und auf einem roten Sessel in einem runden Raum mit vielen Fenstern sitzt er.

Ich: „Batman!?"
Batman: „Hallo."
Mich kann nichts mehr erschüttern, aber wieso hat Batman einen Schnäuz?
Ich: „Ich bin…."
Batman: „Leicht verwirrt? Mit mir hättest du nicht gerechnet, was?"
Ich: „Das Kostüm sieht ja mega aus."
Aber der Schnäuz!?
Batman: „Alles echt, kein Kostüm, alles quasi fest mit mir verbunden."
Ich: „Aaaaha, ein Wunder der Transplantation."
Batman: „Ich habe hier wieder was ganz Neues, einen Rückwärts-Lichtverschlucker."

Ich: „Nein, nein ….. äää, kann ich jetzt gerade nicht brauchen."
Batman: „Ööö."
Ich: „Nix ööö, hör mal, der Wahrheitsverdreher ist defekt, defekt-verstehst du?"

Batman grinst steif.

Ich: „Und noch 'was anderes, die Brille mit den Pillen und Bob Kane mit dem Bill Finger, gibt es da einen Zusammenhang?"
Batman: „Verstehe nicht ganzzz?"
Ich: „Doch."
Batman: „Jaein."

Das ist für mich ein klares Ja. Leute, was sind mir die Superhelden auf den Keks gegangen, und das nicht genug, man musste sie verfilmen, im Kino, rauf und runter, von rechts nach links, von der rechten Ecke oben quer hinunter zur linken Ecke. Und das nicht genug, man dachte sich, jetzt gehen wir in die Tiefe.
Und jetzt zeig ich euch mal, was ich mit eurem Superarsch mache.

Ich: „Ich bomb dich gleich weg hier, du Pissman! Wegen dir gab es doch die ganze Superheldenscheiße."
Batman: „Wie jetzt?"
Ich: „Ja was wohl!?"

Erstaunter Blick von Batman.

Ich: „Du hast Bob und Bill in ihren Träumen besucht, in der Vergangenheit."

Er steht auf, macht sich sehr breit. Optimal.

Ein Tritt, mit meiner Beinfuß-Prothese, aus Titan, gezielt in seine Weichteile...., Was für ein geiler Tag, denk ich noch, als Batman schon, mit dicken Backen, vor mir in die Knie geht.

K. o., noch bevor der Gong die erste Runde eröffnet.

Und das trotz seiner Hartgummieinlage am Geschlecht.

Aber eine Titan-Prothese hat eine enorme Durchschlagskraft.

Batman: „O Gott, was ... füüür... Scchmmerzzzz."

Ihm läuft der Sabber aus dem Mund.

Ich: „Ja, hoff' ich doch!"
Batman: „Kann ich. noch was...für dich..tun?"
Ich: „Der Wahrheitsverdreher hat nur Chaos angerichtet."
Batman: „Wieso hast du ihn denn benutzt?"
Ich: „Was?"

Will der mich jetzt verarschen? Wieso verkauft er ihn denn dann?

Batman: „Na gab es denn einen guten Grund, ihn zu benutzen?"
Ich: „Ich wollte ihn nur testen."
Batman: „Nein, du Idiot."
Ich: „Für Notfälle?"
Batman: „Ja, so in der Art. Eins muss dir bewusst sein! Einmal benutzt, und es wird nie mehr so sein wie vorher, egal wie oft du ihn noch benutzt. Man kann die Zeit nicht mehr zurückdrehen."
Ich: „Also ein Wahrheitsverdreher und kein Zurückdreher. Was kann der Rückwärts-Lichtverschlucker?"

Gedankenspiel

Vergangenheit schützen oder verändern?
Die Zukunft nicht mehr zulassen.
Wollen wir wirklich ewig leben?
Wird es nicht Zeit zu gehen?
Unendlichkeit, was bist du?
Wo liegt sie, die Unendlichkeit?

In der Vergangenheit, oder in der Zukunft?
Oder beides?
Überall?
In uns, um uns?

Gedankenspiel zu Ende

Die Treppe (Teil 9)

Da bist du, meine Treppe, meine Eiche.
So wollte ich dich haben. Du hast mir sehr viel abverlangt. Doch steter
Tropfen höhlt den Stein.
In diesem Fall bin ich der Tropfen und nicht der Stein.

Heute (2017)

Meine Gedanken schwirren noch ungezielt in meinem Kopf herum.
Suchen nach Sinn und Zweck, von Jenem und Welchem. Wirken
hinderlich, unkontrolliert. Ich atme ein, ich atme aus, trinke Weizen,

höre „Feelin' allright" von Joe Cocker, um meine Gedanken zu ordnen, zu präzisieren. Gefühle im Kampf mit den Gedanken.
Gedanke Gefühle, Gedanken und wieder Gefühle, ich befehle Euch, vereint euch! Hier und jetzt!
O.k., Befehle sind auch nicht so meins.
Versuchen wir es human. Wir drei, Gefühle, Gedanken und ich, machen eine Bootsfahrt, ich rudere freiwillig.

Ich: „Abgemacht?"
Gedanken: „Gute Idee."
Gefühle: „Ich bin dabei."
Ich: „Fluss oder See?"
Gedanken: „Fluss!"
Gefühle: „See!"

Das fängt ja gut an.

Ich: „Wir hätten noch die Badewanne zur Auswahl."
Gedanken: „Wie?"
Gefühle: „Wie-Badewanne?"
Ich: „Ach, seid ihr euch mal einig?"
Gedanken: „Badewanne ist sehr begrenzt."
Gefühle: „Hat keine Tiefe, hat keine Weite."
Ich: „Dann bitte ich mal um Gegenvorschläge."

Ratlose Gesichter.

Ich: „O.k., meine Idee ist etwas abstrakt, aber ich habe eine. Ich rufe meinen Kumpel an, der hat 'nen Dachgepäckträger am Auto, wir schnallen das Boot oben drauf fest, Bug nach unten, wir setzen uns rein, keiner braucht paddeln, er fährt und wir sitzen im Boot und reden."

Gedanken und Gefühle: „Geile Idee."

Kumpel angerufen, Kumpel kommt, Boot angeschnallt.
Kurze Erklärung zum Kumpel -er stellt keine Fragen -.
Das macht einen Kumpel aus, er stellt keine Fragen, er guckt nur doof.
Doof Gucken ist in Ordnung.
Er fährt los. Ich, wir sitzen im Boot.

Ich: „So Kumpels, was ist mit Euch los?"
Gedanken: „Du weißt, ich liebe Erfahrungswerte, Statistiken, und er da stürzt sich in jedes Abenteuer, ohne einen Funken Verstand."
Gefühle: „Du Scheißer, nimm das Leben so, wie es kommt."
Gedanken: „Bist du nicht schon oft genug auf die Schnauze gefallen?"
Gefühle: „Ohne mich hättest du nichts, was dir einen Sinn gibt, nur langweilige Abgleichungen, von unwichtig bis neutral."
Ich: „Eins zu Null für dich, Gefühlo."
Gedanken: „Ohne mich wärst du ausgenutzt und leer wie ein Schwamm."
Ich: „O.k., Gleichstand."
Gedanken: „Schau da."
Gefühle: „Ja und, Polizei."
Ich: „Die Idee war wohl doch nicht so gut."
Gedanken: „Selbst schuld."
Gefühle: „Die Idee war grandios. Für den Moment etwas stressig, aber für die Ewigkeit bleibt es unvergessen."

Der Bullenwagen überholt uns um uns gleich auszubremsen. Die Polizisten wirken sehr hektisch. Sind sehr drauf bedacht, unser Gespräch so schnell wie möglich zu beenden.

Gedanken: „So geht das, wenn ich alles laufen lasse."

Gefühle: „So ist das Leben, es könnte ein Abenteuer sein, wenn du dich mehr zurückhalten würdest."

Ich: „Ich regele das jetzt ohne euch, ihr Pappnasen."

Das Polizeiauto hat uns unsanft ausgebremst. Die zwei Beamten stürmen aus dem Auto und schnappen sich erstmal den Fahrer. Die zwei Bullen wirken etwas überfordert. Der eine Bulle ist 'ne Bullin. Ich springe vom Boot und meine nur kurz und knapp, ich hätte 'nen Bootsschein für diese Gewässer, zählt für das ganze Jahr.
Meine Gefühle lachen, meine Gedanken schütteln den Kopf.

Die Treppe (Teil 10)

Die Treppe ist vollendet. Die Geburt meiner zweiten Tochter liegt ein halbes Jahr zurück. Eine Geburt ohne Komplikationen, so wie die erste Geburt... meiner ersten Tochter. Alles läuft nach Plan.

Engel brüllen leise, trifft auf Dampfwalze
(Das Jahr 1987)

Es ist die Musik, die mein Leben begleitet und geprägt hat. Von Neuer Deutscher Welle über Modern Talking bis hin zu Pink Floyd. Meine Welt schien halbwegs in Ordnung, bis ich Modern Talking hörte. Und ich wusste, hier stimmt etwas nicht, das kann es doch nicht sein! Muss ich mich mit dieser Musik abfinden?

Nein.

You're my Heart, You're my soul.

Cheri Cheri Lady.

Brother Louie.

Geronimo's Cadillac.

You can win if you want.

Das Schlimme ist: Selbst Lebewesen, die diese Musik nie hören wollten, kennen diese Titel, ob sie wollen oder nicht. Noch schlimmer ist: Alle um mich herum fanden die Musik super. Ich hab' bis zu dieser Zeit nie verstanden, dass das Dritte Reich so viel Zuspruch vom Volk hatte.

Deutsches Gewissen: „Hast du noch alle Tassen im Schrank?"
Ich: „Ich geh mal schnell gucken."

Tassen stehen hauptsächlich in der Spülmaschine. Wenn ich sie ausräume, um sie woanders einzuräumen, halt in den Schrank, dann habe ich wieder alle Tassen im Schrank. Ääääääää. Das Gewissen hätte aber gerne 'ne Antwort. Kompromiss? Frag ich mich.

Ich: „Fast."
Deutsches Gewissen: „Pass mal auf.. ."
Ich: „Schnauze!"

So, wo war ich stehen geblieben?

Ich bin dann irgendwann in die nächste größere Stadt, in meinem Fall Aachen. Wollte mich Hi Fi-mäßig neu ausrüsten.

HiFi-Anlage ist ein Begriff?
Kompakt-Anlage hatte ich
vorher. Kompakt-Anlage,
Plattenspieler oben,
direkt darunter Radio,
da drunter doppelt Kassettendeck.

Alles ein Stück halt, diese Kompakt-Anlage. Inklusive Boxen. Die Sound-Qualität nicht so gut, aber für Modern Talking völlig ausreichend. Wollte halt mal richtig investieren, in guten Sound.

Jetzt fragen sich wohl einige: Wieso das denn?

Ja, hatte einige Wochen vorher ein Schlüsselerlebnis.
Was meinen Musikgeschmack betrifft.
Begleitete einen Freund zu einem High-End-Laden, der Selbstbauboxen verkaufte. Da gab es sogar Boxen in Eier- und in Pyramidenform, darum hieß der Laden wohl auch „Klang-Pyramide."

Und dann ließ er von Platte ein Lied laufen, das mir eine Gänsehaut bereitete. Ein Klangteppich, der erst nur aus Keyboard besteht, aber so mystisch. Der dich unweigerlich über die Wolken katapultiert und die Gitarre, wo du dachtest, besser kann es nicht mehr werden, setzt noch einen drauf. Jeder Ton so perfekt, dass du denkst, das ist es, kein anderer Ton hätte dort ansatzweise besser gepasst. Perfektion trifft Bull Shit ...

"Shine on you crazy diamond"von Pink Floyd, auf "Brother Louie" von Modern Talking.

Mein Leben hatte wieder einen Sinn. Darum musste ich investieren, um diese Musik zu erleben.

Musik ist nicht irgendeine Fertig-Pizza, belegt mit Pilzen aus der Dose. Led Zeppelin, Yes, ZZ Top, Cat Stevens, The Police und sogar Frank Zappa waren von da an meine Lebensgefährten.

So wurde aus ENGEL BRÜLLEN LEISE die DAMPFWALZE.

Die Treppe (Teil 11)

2010, das Jahr, in dem wir ins Haus einziehen konnten. Meine Frau, meine zwei Töchter, die eine sechs Jahre, die andere noch kein Jahr alt. Ein Traum ging in Erfüllung. Eigenes Haus, selbst umgebaut.

Wobei wir unsere Ex-Vermieter doch sehr vermissten. Echt jetzt. Hier Küsschen an Martina und Wolfgang.

Dampfwalze (1988) - Alles oder Nichts

Die neue Anlage ausgerichtet. Die ersten Platten, The Police und Pink Floyd, warten ungeduldig auf ihre Entjungferung. Wir fangen an mit Pink Floyd. Glasklarer Gitarre-Sound von The Wall füllt den Raum. Ein Hubschrauber durchbricht die Klangwelt, eine etwas außer Kontrolle geratene Stimme lässt den Hubschrauber abstürzen und ich weiß: Ich habe alles richtig gemacht. Ich schließe die Augen und denke: Wozu braucht man Augen, wenn man hören kann? Und ich verstehe, ich entdecke mich selbst. Meine Mutter, die mich erdrückte, mein Vater, hilflos passiv, und ich dazwischen. Ich bin ein Einzelkind, verflucht von der erdrückenden Liebe meiner Mutter, vom Vater vielleicht im Stich gelassen, weil zu passiv. Meine Eltern sind mir ein Rätsel, die manchmal wochenlang nicht miteinander redeten. So will ich doch niemals enden. Drehe den Lautstärkeknopf noch lauter und die Musik hüllt mich ein. Nimmt mich gefangen. Reißt mir Gefühle aus meiner Gedankenwelt. Ein Hammer schlägt alles kurz und klein. Und ich weiß, hier mit mir, in meiner kleinen Welt stimmt etwas nicht. Revolution, die Haare müssen wachsen, wie die Unstimmigkeiten.

Lasst uns beten.

Gott, wenn es dich gibt, gib mir ein Zeichen.

Lass mich nicht verhungern.

Ich mach dir auch Rührei.

Meine Gedanken stoppen. Es wird still, trotz lauter Musik, die nicht mehr meine Ohren erreicht, sie wird verschluckt von der Stille. Eine Hand legt sich auf meine Schulter. Ich drehe mich nicht um, es muss nicht unbedingt Gott sein, der seine Hand auflegt und die Musik in sich einsaugt. Die Hand ist kalt und drückt immer fester zu. Es ist nicht Gott, es ist das Nichts, denn es sagt nichts. Ich komme aus dem Nichts und gehe irgendwann wieder dorthin zurück. Doch das Nichts ist heute nicht willkommen. Die Hand drückt immer fester zu, hindert mich am Aufstehen. Eben war die Welt noch kunterbunt, und nun ist sie nur noch schwarzweiß. Ich lasse mich immer tiefer drücken von dieser Hand. Meine Augen verdrehen sich, die Atmung stockt, ich erfriere innerlich. Ich schließe die Augen, nicht um zu verlieren. Ich schließe die

Augen um einen Waffenstillstand zu erreichen. Ich gebe mich der Stille, der Leere hin. Soll es doch kommen, das Nichts.

Eine Gitarre wird sanft gezupft. Eine weiche Frauenstimme singt wie Engelstimmen. Nimmt mich mit, lässt die Hand des Nichts von meiner Schulter streifen. Meine Gedanken ergeben sich den Gefühlen. Ein cleverer Schachzug von mir. Der Bass setzt ein und setzt den Beat, präzise perfekt. Die Stimme ertrinkt im Whiskyglas. Die E-Gitarre kreischt schräg, wie eine Kettensäge. Unterschwellig vermischen sich Moll-Töne in den Bass-Beat, begleitet von der Whisky-Stimme und mit kettensägender Gitarre.

Das Leben hat doch immer ein paar Überraschungen für uns parat.

Ich beschließe, die Klospülung zu betätigen. Hinunter mit der Scheiße. „Ramble on" von Led Zeppelin ist doch die perfekte Lösung. Von Platte auf Kassette, direkt die komplette Led Zeppelin 2 aufgenommen. In die abgefuckteste Jeans gesprungen, die ich habe. Das schäbigste T-Shirt, was ich besitze, passt perfekt in Kombination mit den Chopper Stiefeln.

Mein Tag.

Meine Musik.

Mein Auto.

Mein Nichts.

Mein Gott.

Kassette eingelegt, Zündschlüssel nach rechts gedreht, bis Anschlag, so wie den Lautstärkeregler.

Alles oder Nichts.

Ich nehme Alles.

Die Scheinwerferkegel pflügen sich durch den Teer.
Zwei Tramper stehen am Straßenrand. Vollbremsung.

Ich: „Wo wollt ihr denn hin?"
Das Nichts sagt: „Nirgends."
Das Alles sagt: „Überall."
Ich: „Ich nehme euch beide mit, auch wenn ihr nicht miteinander verwandt seid."

Das Nichts setzt sich auf die Beifahrerseite.
Das Alles nach hinten und macht sich direkt über die ganze Rückbank breit, mit einem breiten Grinsen, und wirkt dabei verwegen.
Nichts sitzt neben mir und starrt ins Nichts. Logisch.
Und ich?

Ich: „Kaltgetränke?"
Alles: „Jep."
Nichts: „....."
Ich: „Dein Kumpel ist sehr wortkarg?"
Alles: „Scher dich nicht um den, der kann nur Löcher in die Tapete gucken."
Ich: „Hier, dein Kaltgetränk. Trink, bevor es warm wird!"

Fünf Sekunden später.

Alles: „Leer!"
Ich: „Hoppla, das war das einzige Kaltgetränk, da fliegen noch ein paar Bierdosen unter dem Fahrersitz herum, aber bestimmt nicht kalt."
Alles: „Scheißegal."

Das Nichts packt ein Buch aus seiner Umhängetasche und liest. Ich schaue kurz 'rüber, die Seiten sind leer, kein Text, nichts. Der Typ ist abgefahren. Nichts liest nichts.
Ich fahre rechts ran.

Ich: „Kommt Jungs, wir sagen einem Kumpel von mir „Hallo".
Alles: „Hat der Bier?"
Ich: „Der hat gutes Gras."
Klingel: „Ding dong."
Kumpel: „Hey."
Ich: „Hallo."
Alles: „Hallo."
Nichts: „ ……"
Kumpel: „Wer ist denn der Stumme?"
Ich: „Schnauze!"

Kurz hatte ich geglaubt, ein leichtes Grinsen beim Nichts zu erkennen. Den bring ich heute noch zum Reden, denk ich mir, und Alles muss ich im Zaum halten, sonst sprengt der noch den Abend.
Der Kumpel macht den Weg frei, wir treten ein. Ich kenne den Weg zur Couch und zwei Sesseln. Wir pflanzen uns hin. Wir drei auf die Couch, der Kumpel in einem der Sessel. Für einen kurzen Moment herrscht Stille, die Blicke kreuzen sich, das Checken der Lage dauert nur kurz. Noch scheint alles in Ordnung zu sein. Ich hole tief Luft, um die Situation zu entspannen.

Ich: „Wir wollten heute mal durchstarten, meine zwei Kumpels hier brauchen 'ne Dröhnung, mich inbegriffen."
Alles: „So ist es, nicht kleckern, sondern kotzen."
Nichts: „Mmmmmm."

Alles guckt mich ganz verwundert an.

Alles: „Das hat er noch nie gesagt."

Kumpel: „Was?"

Ich: „Das."

Kumpel: „Willst du mir die Zwei nicht mal vorstellen?"

Ich: „Das sind Alles oder Nichts."

Kumpel: „Oder?"

Ich: „Oder was?"

Musik läuft im Hintergrund, mit Nuschelgesang.
Mein Kumpel dreht 'ne dicke Tüte und gibt Alles das Ding zum Anrauchen. Ganz schlechte Idee, denk ich.
Ich: „Kannste direkt noch eine Tüte drehen!"

Alles setzt zum Lungenzug an. Ein fester Zug und übrig ist nur noch Asche. Verdutzte Blicke kreuzen sich. Der nächste Joint wird kurzerhand geplant, und direkt wird der Plan in die Tat umgesetzt.

Kumpel: „Ich rauche an."

Drei, vier Züge, und ich bin an der Reihe. Ich ziehe nur zweimal genüsslich, gehe dabei zur Anlage und drehe die Musik lauter. Ich vertrage das Zeug nicht und gebe an Nichts weiter, der annimmt und raucht.
Er macht Zug um Zug. Der Joint glüht, doch es entsteht keine Asche. Es entsteht nichts, auch kein Qualm, nur ein schwarzes Loch, das Alles in sich aufsaugt. Erst meinen Kumpel, dann mich. Wir kreisen um das schwarze Loch. Werden immer länger. Raum und Zeit lösen sich in nichts auf.
Nur Alles hält dagegen. Mit einer Leichtigkeit und einem Lächeln auf dem Gesicht geht er in die Küche und holt eine Bratpfanne und zieht dem Nichts eine über. Mit der Vorderhand sauber verwandelt.

Fünfzehn zu Null und K.O. in der ersten Runde geht das Nichts zu Boden.

Die Treppe (Teil 12)

Heute einen Anruf von meiner Frau erhalten, die Jüngste zucke ganz komisch. Sie habe schon den Krankenwagen gerufen. Ich merke direkt: Es ist ernst. Von der Arbeit aus schwinge ich mich aufs Rad und fahre ohne Zeitgefühl, ohne Konditionsschwächen, nach Hause. Meine Tochter hatte einen epileptischen Anfall, stellt sich heraus.

Wieso?

Steter Tropfen höhlt den Stein (2013)
Nervenzusammenbruch

Ich steh' hier, meine Augen fangen an zu ertrinken. Seit 28 Jahren mache ich hier diesen Job. Und gerade bricht alles um mich herum zusammen. Stein für Stein fällt vor meinen Augen ins Unendliche. Ich kann diesen ganzen Vorgang nicht mehr stoppen, bin ein hilfloser Zuschauer, der sich selber auf der Bühne sieht und vor Mitleid weint. Keine Musik ist mehr zu hören, die mich doch Jahre begleitet hat. Es ist doch so still um mich herum und in mir geworden. Keine Engel mehr, die leise brüllen, keine Dampfwalze und auch keine Gedankenspiele mehr. Ich träume nicht, darum bin ich nicht. Es gibt mich nicht mehr. Ich möchte nur weg von hier. Möchte ins Nichts.

Meine Augen ertrinken immer noch, es hört einfach nicht auf, ich muss weg hier. Ich gehe.

Ich verlasse das Firmengelände, dabei begegne ich noch einigen Kollegen. Doch diese sind zum Glück blind. Brauche jetzt keine Aufmerksamkeit, brauche Luft zum Atmen.

Wo ist die Musik geblieben? Sie liegt auf dem Speicher begraben, mit meinen griechischen Füßen. Alles aussortiert, Platten, CDs, Plattenspieler, Verstärker, CD-Player und Selbstbauboxen. Alles in Staub eingedeckt. Keine Melodie, die mich begleitet auf meinem Weg, für immer weg von diesem Ort, auf dem Weg nach Hause. Zu Fuß. Weg von dem Ort der Arbeit. Nach 28 Jahren, in Tränen aufgelöst, bin ich weg und ich weiß, unbewusst, es gibt kein Zurück mehr. Nicht anpassungsfähig, Nervenzusammenbruch, so wird die Diagnose sein.

Arzt: „Sie müssen ein Zeichen setzen."
Ich: „Was für ein Zeichen?"
Arzt: „Wenn Sie möchten, werde ich Sie langfristig krankschreiben." Ich: „Ich möchte!"

Das Leben kann so nüchtern brutal sein. Zwei präzise, gut platzierte Tiefschläge in der Magengegend, gefolgt von einem Kinnhaken, und ich taumel zu Boden.
Alles oder Nichts, und übrig geblieben ist das Nichts.
Kein Alles mit der Bratpfanne, das das Nichts umhaut.

Ich bin unbewaffnet, bin kein Revolverheld.

Es klingelt. Es ist der Postbote. Nein, es ist Gott, als Postmann verkleidet.

Ich: „Man, siehst du fertig aus!"

Gott: „Im Vergleich zu dir sehe ich blendend aus."

Ich: „Komm rein und lass uns reden."

Ungefragt nehme ich die Schüssel, zerschlage reichlich Eier. Rühre, gebe einen Schuss Milch hinzu. Salz, Pfeffer, rühren. Pfanne auf niedrige Hitze. Das Rührei muss fluffig sein, nicht angebraten. „A beautiful Day" von U2 läuft ungefragt. Und der Tag ist nicht beautiful.

Gott: „Ich bin durch."

Ich sage nichts.

Gott: „Ich habe die Kontrolle verloren, mir gleitet alles aus der Hand."

Ich sage nichts.

Gott: „Ich habe noch nie so leckeres Rührei gegessen."

Ich: „Auch simple Dinge muss man mit Liebe machen."

Gott: „Liebe ist ganz wichtig."

Ich: „Liebe, Rührei, Arschlecken. Du solltest dir einen anderen Job suchen. Wenn hier einer durch ist, dann bin ich das. Selbst das Rührei in der Pfanne ist entspannter als ich."

Gott sagt nix.

Ich: „Muss ich denn alles selbst machen?"

Gott sagt nix.

Und mir wird klar: Ja, ich muss. Gott ist nur ein Freund. Nur?

Die Treppe (Teil 13)

Das Zimmer von der Jüngsten führt die Treppe hoch, dann erste Tür rechts. Ihre Epilepsie nennt man „Dravet-Syndrom". Eine seltene und schwere, meist therapieresistente Form der Epilepsie.

Heute (2017) - Schützenfest

Hab den Holländer, der so aussieht wie ich, im Traum erschossen. Kopfschuss. Ich wäre die ideale Besetzung für den Schützenverein: Mit grünem Zweispitz, wild um sich schießend, beim Umzug durchs Eifeldorf. Alle lachen, außer die Angeschossenen, die für einen Augenblick verstehen, das sind keine Platzpatronen und sie keine Statisten. Boom Boom, hoch die Hände, Wochenende.

Der Präsident vorne weg. Mit tollem Federschmuck an seinem Zweispitz. Der Depp versperrt mir nur das Sichtfeld.

Nachladen und umnieten und man hat wieder freie Sicht.

Quentin Tarantino: „Nicht in den Rücken schießen, zu wenig Blut. Schieße in den Kopf. Das Gehirn muss platzen wie eine Melone." Ich: „Verstehe."

Endlich mal jemand, der mitdenkt und die Situation richtig einschätzt. Aber nein, heute wird kein Blut vergossen.
Es wird Zeit, in sich zu gehen.
Lassen wir die Schützen marschieren, ohne mich.
Sollen sie sich doch alle selbst erschießen.
Eine hektische Geige fiedelt wie wild, dazu ein glasklarer Gesang. Der Kontrast befriedigt. Ich fühle mich nicht alleine. Fühle mich

verstanden. Der Sommer geht, der Herbst kommt. Der Sommer ist eine Geige, der Herbst ein Cello. Die wilde Geige verstummt, das Cello übernimmt.

Das Klavier ist der Winter und der Frühling ist ein Schützenfest, mit Pauken und Trompeten. Gewehre angelegt, kein Schütze mit Zweispitz darf diese Linie übertreten.

Ich: „Geschossen wird auf mein Kommando!"
Quentin Tarantino: „Immer schön auf die Birne zielen."
Ich: „Halt doch mal die Fresse, Quentin. Wir zielen auf die Eier."
Quentin: „Noch besser, dann quietschen sie wie die Schweine vor Schmerzen und verbluten elendig."

Nein, nein, heute wird kein Blut
vergossen. Lasst uns die Ereignisse
sortieren!
Ein Ereignis hat wieder stattgefunden.
Meine Familie ist zerbrochen. Wohne jetzt alleine in diesem Haus.

2013 Nervenzusammenbruch.

2017 Familie zerbrochen.

2015?

2015 wird später beantwortet.

Habe mich gerade umentschieden. Heute wird Blut vergossen.

Quentin: „Jawohl. Bin dabei. Die Kamera läuft. Ich halte voll drauf."
Ich : „Nahaufnahme auf die Eier!"
Quentin: „Gebongt."
Ich: „Gewehre angelegt."
20 Söldner: „Jawohl. Gewehre sind angelegt."

Ich: „Auf Weichteile zielen!"

20 Söldner: „Weichteile anvisiert."

Quentin: „Kamera läuft."

20 Söldner: „Warten auf Feuerfreigabe."

Ich: „Feuerfreigabe erteilt."

Boom Boom Boom Boom Boom …… Boom Boom Boom Boom Boom Boom Boom Boom Boom Boom Boom Boom Boom boom

Söldner Nummer 6: „Scheißknarre, klemmt."

19 Vereinsschützen quietschen wie die Schweine. Quentin Tarantino hält voll drauf und gibt Anweisungen, mit dem Mikro näher ran zu gehen.

Söldner Nummer 6 flucht und versucht sein M16 wieder gangbar zu machen. Die nicht angeschossenen Schützen ergreifen teilweise die Flucht und halten dabei ihren Hut fest. Ganz wichtig, er könnte ja vom Kopf fallen. Die, die nicht die Flucht ergreifen oder quietschen, stürmen wutentbrannt auf uns zu.

Ich: „Zielt auf die Scheißhüte."

Quentin: „Oder 8 cm tiefer."

Ich: „Söldner Nummer 6, sind sie wieder schussbereit?"

Söldner Nr. 6: „Positiv."

Ich: „Schießen Sie dem Tarantino die linke Kniescheibe weg, wenn er noch einmal dazwischen quatscht."

Söldner Nr. 6: „Verstanden."

Liebe Leser, wie Sie ahnen, ist es nur ein Gedankenspiel, das mit einem Schlag gegen meinen Hinterkopf beendet wird.

Die Realität hat mich von hinten aufs hinterlistigste niedergestreckt.

Die Realität, mein Feind und Helfer.

Ich komme zu mir. War wohl kurz weggetreten.

Die Realität spielt Gitarre und Gott sitzt im Schneidersitz daneben und singt.
Ich puste in meine Backen und kratze mir den Hinterkopf. Winkle mein linkes Bein an und stehe auf.

Ich: „Was war das, Bratpfanne oder Kantholz?"
Die Realität: „Weder noch."
Gott: „Er hat dich noch nicht mal berührt, nur angehaucht, dagegen ist eine Bratpfanne oder ein Kantholz nur weicher Pudding."

Die Realität ist wie Glas, ein Siliciumdioxid, das bei Belastung direkt bricht.
Die Realität ist hart und doch sehr zerbrechlich.

Die Treppe (Teil 14)

Eine schwere Art der Epilepsie. Ich verstehe.
Und was bedeutet das für mich, für uns?
Meine Frau wirkt sehr verzweifelt. Die Älteste ist noch zu jung, um zu begreifen, welche Auswirkungen die Krankheit ihrer Schwester für uns alle hat. Wir begreifen es ja selber noch nicht.

Und ich?

Ich wirke nach außen sehr optimistisch, doch der Schein trügt.

2089 nach Christus - Eier, Hühner, Albert, Batman, Gott und der Verdoppler

Ich habe Eier besorgt. Batman ausfindig zu machen und zu verprügeln war einfach. Aber Eier aus Hühnern, ganz schwer. Aber es gibt Albert. Albert ist blond und hat einen Namen.
Viele hier haben keinen Namen. Noch nicht mal meine Töchter.
Ach ja..., ich auch nicht. Aber Albert hat einen.
Albert ist älter als ich, und das ohne Gendefekt. Aber Albert hat Hühner und Gott liebt Rührei. Ich vermute, dass Gott da seine Finger mit im Spiel hat.
Und so bin ich heute bei Albert und mache Rührei und hoffe doch, dass Gott aufkreuzt.

Albert: „Mmmh, riecht schonmal gut, aber so viele Eier, kommt noch wer?"
Ich: „Ää."
Albert: „Mach ruhig, ich hab', ... Ich will dir da nicht reinreden. Du machst das schon."
Ich: „Kann sein, dass Gott kommt."
Albert: „Jo, wieso nicht, ha."

Albert hat kindliche Eigenschaften, im sehr positiven Sinne. Die hatte er vor 50 Jahren, und die hat er heute noch immer.
Er lebt im Moment, mit totaler Gedankenfreiheit.
Selbst meine Frau sagte 2015mal, als die Welt stillstand: „Welch angenehmer Mensch, selbst jetzt in diesem Moment, wo alles zusammenbricht, versprüht er so eine Leichtigkeit."
Die Leichtigkeit des Seins.

Ich: „Albert,... die Leichtigkeit des Seins, das bist du."

Albert hat schon am Rührei probiert. Es ist nicht zu übersehen, am linken Mundwinkel hängt noch ein Fetzen.
Mit wabbelndem Eigelb am Mundwinkel fragt Albert ...

Albert: „Was hast du denn da in der Tasche?"
Ich: „Das Original Batman-Kostüm."
Albert: „Zeig' mal, das interessiert mich jetzt."
Ich: „Hier, probier' mal an."

Albert zwängt sich ins Kostüm. Seine Schultern sind etwas zu breit, Arme und Beine eher zu kurz. Falten an den Armen und Beinen, an den Schultern spannt es.

Ich: „So verschreckst du alle Hühner, Albert."
Albert: „Wo haste das denn her?"
Ich: „Na, von Batman."
Albert: „Aha. Gott kommt vielleicht vorbei und Batman sitzt Zuhause in der Unterhose rum."
Ich: „Ja, das Leben ist voller Überraschungen."
Albert: „Was kann ich jetzt? Kann ich jetzt vom Dach springen?"
Ich: „Kannste. Kannste auch ohne Kostüm. Mit Kostüm denkst'e eine Sekunde „Oh Scheiße", ohne denkste, „War klar"... bumm ....für ...
`dass es nicht funktioniert... reichte die Zeit nicht mehr."
Albert: „und was liegt da unten noch in der Tasche?"
Ich: „Ein Verdoppler."

Albert greift sich den Verdoppler, der aussieht wie eine klobige Uhr aus Edelmetall.

Ich: „Drück nicht den Knopf."

Albert drückt den Knopf. Für einen Moment wirken die Umgebung und Albert sehr verschwommen. Es erscheint alles sehr verdreht und überdehnt. Es formt sich ein zweiter Batman, und ich stehe nochmal neben mir. Alles im Umkreis von 10 Metern, was so lose rumstand, hat sich verdoppelt. Zwei Tische, doppelt so viele Stühle, und von hinten legt sich eine Hand auf meine Schulter und eine Hand auf mein zweites Ich. Wir drehen uns um und Gott gibt es jetzt auch zweimal.

Ich: „Oh Scheiße."

Der neue Batman hat auch einen Verdoppler.

Ich: „Nicht den Knopf drücken!"

Und, wie sollte es anders sein, er drückt den Knopf.

Ich: „Albert, sind alle Alberts so schwer von Begriff?"

Vier Batmans, noch mehr Stühle, viermal Gott und drei Typen, die so aussehen wie ich.
Ich schnappe mir irgendeinen Gott am Kragen, inzwischen sind es schon acht, und brülle ihn an.

„JUNGE MACH WAS, SIEHST DU NICHT, WAS HIER ABGEHT!"

Gott: „Ist deine Baustelle."
Ich: „Was, ist das alles, was du zur Schadensbegrenzung beizutragen hast?"
Albert: „Da müssen wir wohl selber einschreiten."
Ich: „Dein Garten wird gerade ein bisschen klein für so viele Leute. Sind jetzt bei 32 von jeder Sorte und der restliche Krempel, der so verdoppelt wird."
Albert: „Lass' mich das machen."

Albert stößt einen lauten kurzen Schrei heraus, fängt direkt an zu gackern wie ein Huhn, mit angewinkelten Armen fängt er an zu flattern wie ein Vogel und geht dabei in die Hocke. Alle gucken doof, mich mit eingeschlossen.

Ich gucke nur kurz doof, renne direkt los, zu jedem Batman, und schnappe mir die 32 Verdoppler.

Bleibe vor irgendeinem Gott stehen.

Ich: „So, deine, eure stressige Zeit ist jetzt vorbei, geht alles mit Ruhe an. Könnt ja jetzt ein Schichtsystem einführen. 30 Tage Urlaub im Jahr, am Wochenende Bereitschaft für vier von euch, der Rest hat, hoch die Hände, Wochenende."

Kurze Pause, weil keiner was sagt.

Ich: „Albert, wie viele Eier braucht man für ca. 30 Mann, wenn man Rührei machen will?"
Albert: „Viele."
Ich: „Danke für die präzise Antwort."
Gott: „Ein kleines Tänzchen?"
Ich: „Salsa?"
Gott: "Neo-Calypso."
Ich: "Was?"
Albert: „Griechischer Wein."
Ich: „Ich hab' nur Bier. Wir nehmen Swing Rock Pop mit Papperlapapp Blues ."
Albert: „Ich meine das Lied von Udo Jürgens."

Ich 32 mal, gucken Gott 32 mal an.

Gott, Ich: „Gebongt."

Es war schon dunkel, als ich durch Vorstadtstraßen heimwärts ging.
Da war ein Wirtshaus, aus dem das Licht noch auf den Gehsteig
schien.
Ich hatte Zeit und mir war kalt, drum trat ich ein.
Da saßen Männer mit braunen Augen und dunklem Haar.
Und aus der Jukebox klang Musik, die fremd und südländisch war.
Als man mich sah, stand einer auf und lud mich ein.

Albert: „Und jetzt alle!"
32 mal Batman, 32 mal Gott und 32 mal ich: „Griechischer
Wein.........."

Die Treppe (Teil 15)

Wir fangen an mit Tabletten, zwei bis drei verschiedene. Alles rein in das
Kind. Erste Erfolge zeichnen sich ab. Meine Tochter wirkt klarer und
wacher, nicht mehr wie dauerhaft abwesend.

Sind wir angespannt?

Wir merken es nicht.

Wir wissen es nicht.

Die Älteste wirkt stark. Stück für Stück begreift sie, was mit ihrer
Schwester los ist.

Zwischen den Zeilen

Die Dampfwalze, der Einsitzer, bestückt mit einem 1000-PS-Motor, laut wie zehn Formel-1-Autos, bringt den Boden zum Beben wie 100 Panzer. Die Geschwindigkeit gering, die Wirkung unübersehbar. Zurück bleibt nur Flachland.
Ich ebne mir meinen Weg.
Selbst die Zeit ist schneller und überholt uns.

Doch die Zeit ist relativ. Selbst wenn ich mich rückwärts bewege in der Zeit, können uns die Engel, die leise brüllen, nicht mehr einholen.

Nur der stete Tropfen brennt Löcher ins Flachland, unaufhaltsam.

Die Vergangenheit sind die Engel, deren Brüllen immer leiser wird.

Steter Tropfen ist auch die Vergangenheit, dessen Löcher immer tiefer werden.

Engel brüllen leise.

Dampfwalze.

Steter Tropfen höhlt den Stein.

Heute.

2089 nach Christus.

Heute ist heute und 2089 gibt es nicht, nicht im Moment, aber irgendwann vielleicht.

Die Krake

Aus den Tiefen der Meere kommt sie, um mich mit in die Tiefe zu reißen.

Und selbst mit Kapitän Ahab an meiner Seite spüre ich die Schwerelosigkeit des Meeres.

Die Tentakeln umschlingen mich und ziehen mich ins dunkle Meer. Die helle Meeresoberfläche verschwindet. Es gibt kein Unten und Oben mehr.

Es gibt nur mich und die Krake. Kapitän Ahab rudert um sein Leben und lässt mich zurück. Das Rauhbein mit dem Holzbein gibt Fersengeld.

Die Depressionsengel mit Fischflossen singen Moll.

Hier unten gibt es weder Trauer noch Freude. Hier unten herrscht eine sinnlose Leere. Und mir wird bewusst: Ich bin kein Revolverheld.

Und mir wird bewusst: Es gibt hier unten keinen Gott.

Selbst die Krake gibt es nicht.

Es gibt nur mich.

Nur mich?

Ich bin nicht Clint Eastwood, ich bin ich.

Ich bin Engel brüllen leise.

Ich bin Steter Tropfen höhlt den Stein.

Ich bin die Dampfwalze.

Ich bin 2089 vor Christus.

Ich bin Heute.

So schnappe ich mir die Engel, trinke den Tropfen, der stetig tropft, nehme die Zukunft 2089 an die Hand, steige auf die Dampfwalze, trete aufs Gaspedal und wir walzen durch die Tiefen des Meeres an die Oberfläche ins Heute. Ein Sandstrand, der ins Unendliche reicht, der fast wie eine Wüste wirkt, empfängt uns mit offenen Armen.

Und meine älteste Tochter liegt, alle Viere von sich gestreckt, im Sand und macht den Schmetterling, um sogleich aufzustehen und das Rad zu schlagen. Und ein Rad folgt dem anderen. Der Sand wird aufgewirbelt. Ihre Hände und Füße berühren nur kurz den Boden. Wie Windflügel kreist sie um mich. Schmetterlinge aus Sand wirbeln um mich. Ich drehe mich mit ihr im Kreis, um sie nicht aus den Augen zu verlieren. Ahab erscheint kurz in meinem Sichtfeld und verschwindet wieder, erscheint wieder und verschwindet wieder, usw.. .
Und dabei fällt mir auf, dass der Kapitän immer näherkommt, gebremst durch sein Holzbein, was tief im Sand versinkt.
Meine Tochter wirbelt immer schneller um mich, sie ist kaum noch zu erkennen.
Ahab kommt kaum noch von der Stelle, zerfressen von seiner Seele, und seine Augen leuchten im Wahn, Er versucht, mit ausgestreckter Hand mich zu greifen.
Noch einen Gang legt mein Schmetterling zu, schlägt Rad um Rad, so dass ich mich nicht mehr mitdrehen kann, und doch verliere ich sie nicht aus den Augen.
Ihre Umkreisungen um mich sind so schnell, dass ich sie dauerhaft sehe.

Ahabs Schritte werden immer kürzer, bis zum Stillstand, und dann legt er ungewollt den Rückwärtsgang ein und verschwindet ins Jahr 1851.

„Baba O'Riley" von „The Who" erklingt in meinem rechten Ohr und schwingt direkt zum linken über.

Der Sandsturm legt sich sanft als Sand nieder. Die Radschläge meiner Tochter verlangsamen sich bis zum Stillstand. Sie legt sich hin, Hände und Füße von sich gestreckt, und macht den Schmetterling. Heftige Bewegungen mit Armen und Füßen macht sie. Sie verschwindet im Sand, wo sie herkam.

Du, mein Sandsturm.

Was ist Batman, was ist Rambo oder Ahab im Vergleich zu dir?

Sie sind nur ein Sandkorn, du bist der Sandsturm.

Die Treppe (Teil 16)

Wenn meine Jüngste klar ist, gut eingestellt durch die Medikamente, ist sie wie ein Vulkan. Sperrgitter an der Treppe sollen sie bremsen. Sie kennt keine Angst. Die ersten Schritte macht sie ganz normal wie jedes andere Kind. Alles im Zeitrahmen. Butterbrot kann sie auch schon sagen, alles wirkt auf den ersten Blick normal.

Engel brüllen leise (1980)
Die arme Sau

Es ist die Jahreszeit, in der man Handschuhe trägt, die man mit Steinen füllen könnte, um das größte Arschloch dieser Welt ins Jenseits zu befördern.

Und von diesen Arschlöchern gab es zu meiner Schulzeit viele. Gefühlt, wimmelte es davon.

Doch die Erziehung meiner Mutter trug nie dazu bei, mich zu verteidigen, sondern lief eher darauf hinaus, mit den frisch gewaschenen und gebügelten Klamotten, die ich am Leib trug, wieder am Stück nachhause zu kommen. Am besten so, wie ich das Haus verlassen habe. Ohne Flecken und Falten. Klamottentechnisch gab es klare Regeln. Spielhose und Jacke zum dreckig machen. Schulhose und Jacke für die Schule. Und dann gab es den Sonntag, mit Sonntagsklamotten. So durfte ich sonntags draußen spielen, aber ich durfte nichts berühren. Keinen Grashalm, mich nicht gegen irgendeine Wand lehnen. Auf keinen Fall hinknien. Meine Mutter hätte mich standrechtlich erschossen und im Hintergrund hätten der Trommler und das Pfeiferkorps gespielt. Der Elferrat legte die Gewehre an, es bestand keine Hoffnung, dass einer aus Alkoholgründen vorbeischoss, die waren immer stocknüchtern bei uns im Dorf.

Und so gab es diese Jungs mit einer großen Klappe, bei denen ich mir immer sehr klein vorkam. Hauptziel der Großmäuler waren so Jungs wie ich. Ein gefundenes Fressen. Ich war still und ängstlich, doch es brodelte schon länger in mir. Die arme Sau, die meine geballte Ladung Wut, die sich um Woche zu Woche steigert, abbekommen sollte, tat mir jetzt schon leid. Und ich bekam sie serviert, die arme Sau, auf einem

Sikbertablett, gut gewürzt, mit Petersilie am Rand. Auf dem Heimweg von der Schule, unmittelbar in der Nähe der Schule, stellte mir der Vollpfosten immer ein Beinchen. Aber ich ließ alles über mich ergehen. Sein Kumpel fand es sehr lustig, im Gegensatz zu mir. Ich wollte nur schnell nach Hause und mich unter meiner Bettdecke verkriechen.

Abends unter der Bettdecke gingen mir die zwei Schwachmaten nicht mehr aus dem Kopf. Überlegte mir, Steine in meinem Handschuh zu bunkern und dann immer auf die Zwölf, bis sie lachten.

Da ich keine passenden Steine um zwei Uhr morgens finden konnte oder wollte, ging ich mit leeren Handschuhen zur Schule. Wut wiegt schwerer als Steine, weiß ich heute. Das wissen heute auch die zwei.

Nächster Schultag, noch 'ne Schippe Wut oben drauf, denn ich hatte kaum geschlafen. Ohne Steine in den Handschuhen, ohne das Batmankostüm, ging ich zur Schule. Und Gott zeigte Erbarmen, denn die zwei Frohnaturen gingen wieder hinter mir. Und an derselben Stelle wie gestern stellte mir einer der Schrumpfhirne wieder ein Beinchen.

Es blieb keine Zeit, um mich bei Gott zu bedanken.

Es ging dann alles sehr schnell. Einer der beiden war sehr handlich. Ich konnte ihn locker mit einer Hand vom Boden entfernen und ihn auch längere Zeit in der Luft halten, an meine Hüfte gedrückt, so eine Art Schwitzkasten. Dann griff ich mit der anderen Hand den Rest seines Körpers und er befand sich komplett auf meinem Rücken. Würde ich jetzt fest zu drücken, bräche er wohl in der Mitte durch. Ein Sachverhalt, mit dem ich in dem Moment gut hätte leben können.

Das sah wohl auch ein älterer Mann so und ging dazwischen in dem Augenblick, in dem sämtliche Sicherungen bei mir durchgebrannt sind.

Die Wut in mir hat sich einen Weg an die Oberfläche geschlagen, um zu explodieren wie ein Vulkan, der über Jahrtausende unter der Erdkruste geschlummert hatte und alles um sich herum in Asche verwandelte. Und der andere von den zweien stand nur mit offenem Mund da, stocksteif, ob er noch atmete? Weiß ich nicht. Wenn nicht, würde er hoffentlich nicht mehr damit anfangen.

Mein Fazit: Respekt zurückerlangt, aber leider keine Toten.

Unterschätze nie die stillen Leute, denn wenn sie brüllen, stirbt ein Engel.

Die Treppe (Teil 17)

Die Medikamente schlagen nicht mehr an. Die Kleine wirkt sehr abwesend, als wäre sie total übermüdet, und der Kopf fällt immer, für einen Bruchteil einer Sekunde, nach unten. Gelegentlich drehen sich die Pupillen weg. Es schmerzt sehr, das mit anzusehen. Also fahren wir zur Ärztin und besprechen die Situation. Die Kleine bekommt immer zwei bis drei verschiedene Tabletten. Wir werden mit alten und neuen Medikamenten versuchen, die Epilepsie in den Griff zu bekommen.

Steter Tropfen leck' mich am Arsch (2013)

Was sagte mein Chef mal?

Chef: „Die einzigen, die etwas gegen eine schlechte Arbeitssituation machen können, sind der Arbeitgeber oder die Politiker."
Ich: „Oder ich."

Nach 28 Jahren scheide ich aus dem Arbeitsleben, so wie ich es kenne, von mir selbst gewollt, aus. Einige Monate krankgeschrieben, um dann vom Arbeitgeber freigestellt zu werden, bei voller Bezahlung. Neun Monate hatte ich Zeit zu überlegen, wie mein neues Leben weiter gehen soll. Kam mir vor wie ein Superhero. Hab der Gesellschaft ein Schnippchen geschlagen. War nicht anpassungsfähig. So stand es auf der Krankmeldung „nicht anpassungsfähig" ist mein Ding. Ich war jetzt das, was ich immer sein wollte, „nicht anpassungsfähig", was auch immer das bedeutet. Jetzt war ich ein Revolverheld und mein Name ist Clint Eastwood.

Ich würde Bäume ausreißen und die Welt verändern. In meinem Dorf, auf dem Marktplatz, würde man mir über kurz oder lang, ein Denkmal errichten.
Mit der Inschrift:

Der Rebell.

Straßen und Wege würden nach mir benannt. Aus dem Dorf Mausbach würde man Andersbach machen.
Denn nun wird alles anders.
Und es klopft am Fenster.
Es ist Gott. Ich lasse ihn durch die Terrassentür ein. Ich klopfe acht Eier in die Schüssel, schmeiß die Bratpfanne an. Rühre das Rührei, kippe Milch hinzu, würze mit Salz und Pfeffer. Rühre noch einmal alles durch. Die Butter brutzelt. Reduziere die Temperatur. Das Rührei muss sanft seine Konsistenz ändern.
Ich begrüße Gott.

Ich: „Hey Gott."
Gott: „Guten Tag."
Ich: „Ich brauch dir nix zu erzählen, du weißt eh Bescheid."
Gott: „Ja, du nimmst Antidepressiva, was dein Wesen verändert, und deine Frau leidet tierisch darunter."

Das Rührei erstarrt so wie ich.
Clint Eastwood legt seinen Revolver zur Seite und verlässt den Raum.
Helden kommen und gehen, doch ich bleibe. Die Krake windet ihre Tentakeln in meine Richtung. Das Rührei ist nicht mehr fluffig, es riecht abgebrannt. Die Zeit ist endlos. Die Musik spielt immer denselben Akkord, d-Moll.
Gott vermehrt ins 32-fache.

Und die anderen 31 bestellen mir Grüße aus der Zukunft von Albert.

Ich: „Ich höre jetzt auf zu atmen."
Gott: „Dein Rührei ist angebrannt."

Die erste Tentakel schlingt sich um meinen Hals.

Ich: „Ich weiß."

Die zweite Tentakel schlingt sich um meine Beine und eine Frage durchkreuzt mein Raumzeitgefüge,... Wer ist Gott und wieso gibt es so viele davon?

Ich: „Wie viele Tentakeln hat eigentlich eine Krake?"
Gott: „Acht Arme und zwei Tentakeln."

Der erste Arm der Krake geht mir in den Schritt, worüber ich die Tentakel eins und zwei gar nicht mehr wahrnehme.
Soll ich jetzt erregt sein oder mir Angst um meine Eier machen?

Das mit dem „Nichtatmen" funktioniert auch nicht so recht.

Ich: „Acht Arme und zwei Dings, also ca. Zehn?"

Habe beschlossen, nicht mehr mitzuzählen. Ob drei oder fünf Arme, oder Tentakeln, scheiß doch der Hund drauf.

Gott 23: „Er irrt sich, Kraken haben nur acht Arme und keine Tentakeln."
Ich: „Das beruhigt ungemein. Wir sind jetzt bei sechs, glaub ich."

Nur so nebenbei. Der Arm im Schritt erregt nicht.
Komme mir gerade so kurz angebunden vor. So wie meine Schreibweise. Nicht viel drumrum reden, immer weiter, schnell zum Ziel. Jeder anderer, wäre jetzt schon bei 300 Seiten. Hätte jeden Furz bis aufs kleinste beschrieben.

Gott 16: „Du wirkst so eingeschnürt?"
Ich: „Wieso gründet ihr keinen Männergesangsverein?"

Hölzchen, Stöckchen... die Krake hat alle acht Arme um mich geschlungen.
Sie zerdrückt mich, ich höre meine Rippen brechen. Blut tropft aus meinem Mund.

Alle 32: „Männergesangsverein?"
Ich: „Schnauze!"

32 Götter befinden sich in meiner unmittelbaren Nähe und eine Krake zerdrückt mich.
Ich finde, das sind optimale Bedingungen.
Da werden Helden geboren.

Die Krake zerdrückt mich, zerkleinert meine Innereien, und ich mach mir 'ne Kippe an. Der Rauch der Zigarette verlässt meinen Körper nicht durch den Mund. Er verlässt ihn durch meinen aufgerissenen Brustkorb.

Ich öffne mir noch genüsslich eine Flasche Bier und kippe sie mir in den Hals.
Ich höre Bier tropfen, das aufs Parkett plätschert.
Ich schnalle mir den Revolvergurt…., ach Quatsch, geht ja nicht. Die Arme der Krake lassen das nicht zu.

Ich: „Und jetzt?"

War klar. Die Götter sind überfordert. Zu viele Götter ist auch nicht die Lösung.
Da helfen nur Gedankenspiele.
Inzwischen tropft das Blut nicht mehr aus dem Mund, es läuft. Meine inneren Organe sind nur noch Brei.
Es wird Zeit für das Gedankenspiel, so wie man es halt macht, bei einer Kippe und 'ner Flasche Bier.

……………………

……………………

…….?……………!!

Ja leck' mich am Arsch.
Der Krake ein Schnippchen geschlagen.
Kurze Frage gefolgt von schneller Antwort.
Jeder Punkt ein Gedankenwort. Zusammen ist es ein Gedankenspiel.
Eine Frage mit klarer Antwort.
Die Krake zieht sich zurück, lässt ihre Arme von mir ab.

Ich: „Bis zum nächsten Mal."

Die Götter: „Was?"

Ich: „Ich sprach mit der Krake."

Die Treppe (Teil 18)

Ketogene Diät ist das neue Zauberwort, womit wir versuchen wollen, die Epilepsieform in den Griff zu bekommen. Kohlenhydrate werden auf ein Minimum reduziert. Pro Tag maximal 50 Gramm Kohlenhydrate. Als Brotesser hat man das schon fast nach einem Brötchen erreicht, und der Tag ist noch lang. Kartoffeln sind dann auch nicht die Lösung. So wurde die Waage für die nächsten Wochen und Monate unser Begleiter. So steht man im Supermarkt und studiert die Tabellen auf der Verpackung. Viele Käsesorten haben null Kohlenhydrate. Aber selbst Tomaten und Gurken haben Kohlenhydrate, aber nur zwei bis Gramm auf Hundert. Bananen und Äpfel haben wiederum zu hohe Werte.

Dampfwalze ruck zuck Fresse dick (1992)

Wieso gehen so Typen wie wir in die Disco, mit dreckigen und abgenutzten Jeans? Die Haare lang und zerzaust. Die Jacken speckig. Man weiß es nicht. Da wackeln dann die vier Gestalten (wir sind gemeint) leicht angetrunken auf die Türsteher zu, die nur normale Körpergröße haben.

Quasi Katzenfutter für uns. Hochexplosive Situation, angereichert mit Wahnsinn.

Im Kopf das Lied von Nancy Sinatra „These Boots are made for walking".

Cooler geht es nicht. Wir sind das Optimum auf diesem Planeten. Gott steht mit seinen 31 Gleichgesichtigen Spalier und sie verbeugen sich. Die Rebellion der Langhaarigen steht kurz bevor. Und die Götter spüren es auch, die selber langhaarig sind. Am Eingang stockt es. Man will uns ohne weiteres nicht rein lassen. Wir einigen uns auf einen Kompromiss, der sehr merkwürdig erscheint. Wir dürfen unser Bier nur draußen trinken. So drückt uns jemand vier gut gefüllte Gläser in die Hand. Na gut, denn die Rausschmeißer wirken sehr angespannt. Denn wir kommen in Frieden, vielleicht auch nicht. Man weiß es nicht so genau. Also trinken wir Kölsch im Außenbereich. Kleine Gläser passen ja bekanntlich in jede Hemdbrusttasche, wie man weiß. Und wir tragen keine Hemden, nur die Rausschmeißer. Ein Kumpel fängt dann eine Diskussion mit so 'nem Türsteher an. Ich denke nur kurz nach, (hätte mir vielleicht doch mehr Zeit zum Überlegen nehmen sollen) geh mal hin. Da steh' ich nun, mit dem gut gefüllten Kölschglas in der rechten Hand. Sollte die Situation eskalieren, würde das Glas in der Hand nur stören. Ich überlege gar nicht und schiebe mein Glas mit der Öffnung nach oben, ohne etwas zu verschütteten, in die Brusttasche des Hemdes des Rausschmeißers. Ist das cool oder nicht, frag ich euch?

Ich schaue zu den Göttern rüber, die mir signalisieren: „Tu das nicht! Zu spät. Der Hemdsträger in meiner Körpergröße läuft rot an, zieht das Kölschglas aus seiner Brusttasche und stellt es behutsam auf den Boden, trotz seiner Anspannung. Ballt seine Fäuste und visiert mich an. In dem Moment läuft von Sonny & Cher „I got you babe" in meinem Kopf ab. Mit dem Hintergedanken, SCHEISSE, der ist so groß wie ich, sieht aber dreimal angepisster aus als ich. Bin ich der Beinchensteller oder die arme Sau? „Angriff ist die beste Verteidigung", denk' ich mir. Mache den ersten Schlag, der sein Ziel aber nicht erreicht. Auf halbem Weg meiner Faust trifft seine mich zweimal. Mir ist direkt klar ... oh Gott... Ein Wunder, dass ich noch stehe. Eine neue Strategie muss her. Ich schlag' nochmal zu. Ich hole also nochmal aus und denk noch: „Strategisch hat sich aus meiner Sicht nix verändert." Mein Schlag kommt nicht an, aber seiner wieder zweimal. Ich habe dann nochmal die gleiche Idee. Nach sechs gut platzierten Schlägen drehe ich mich um und gehe, denn jeder anderer läge jetzt, alle Viere von sich gestreckt, auf dem Boden, denke ich mir, mich selbst aufbauend. Ich habe quasi gewonnen. Auf dem Weg zum Auto spucke ich noch Blut auf eine Motorhaube. In meinem Gesicht schwillt der Brei zu einer festen Masse an. So fühlt sich also ein Stück Brot im Backofen an. Nichts wie weg hier.

Der nächste Morgen vorm Spiegel ist ein Grauen. Zwei blaue Augen und es ist erst Samstag. Bis Montag sind die bestimmt weg.
Wie naiv von mir.
Ich warte, bis es Nacht ist, und gehe runter in die Küche zu meinen Eltern, mit Sonnenbrille. Jetzt kommen bestimmt doofe Fragen, denk ich mir.
„Wieso hat der Jung 'ne Sonnenbrille an?"
Aber Fehlanzeige. Das fragen sie erst am dritten Tag. Am ersten Tag hätte ich die Frage ja beantwortet, aber nicht am dritten.

So, es ist Montag und ich muss zur Arbeit. Die Augen sind immer noch beide blau. Müsste noch ein bis zwei Tage zuhause bleiben, um mir das Gelächter zu ersparen, denke ich mir. Aber denken ist zu dieser Zeit anscheinend nicht meine Stärke. Ich rufe also meinen Chef an , um ihm mitzuteilen, dass ich nicht kommen könne.

Chef: „Wieso?"

Ich: „Hab 'nen Kumpel gerade nach Aachen gefahren und auf dem Rückweg streikt mein Auto."

Chef: „Wir haben gerade so viel zu tun, ein Kollege schleppt dich ab und bringt dich dann zur Arbeit."

Ich: „Na das ist ja super."

Das Blöde an der Situation ist, ich liege noch zuhause im Bett. Ich ziehe mich also schnell an, ohne Zähne zu putzen, und ab nach Aachen, muss ja schneller da sein als mein Kollege. Bin ich auch. Ich reiße den Schaltknüppel aus der Führung, um darzulegen, dass ich ja nicht mehr schalten kann. Meine langen Haare schiebe ich mir vors Gesicht. Heute gehe ich mal ohne Zopf arbeiten. Geht doch. Ohne Zeitfenster Lösung parat gehabt. Manchmal spielt das Leben verrückt. Am Freitag war noch jede Lösung und Idee, die ich hatte, nicht vertretbar, trotz geringem Zeitfenster.

Die Treppe (Teil 19)

Heute gehe ich die Treppe hoch, dann rechts, und bringe meine Jüngste glücklich zu Bett. Die ketogene Diät hat super angeschlagen. Fühle, wie die Anspannung, die mir gar nicht bewusst war, abfällt wie Schuppen. Die Sterne sind zum Greifen nahe. Es sind so kleine Dinge, die doch die Welt bewegen. Ein kleines Wesen erblüht mit einem Lachen.

Heute-Presslufthammerbeats

Die Wand vor mir will nicht zerbrechen. Beatbass vibriert zwischen mir und der Wand. Keine Risse, nichts. Wir fahren größere Geschütze auf. Presslufthammer mit beiden Händen gut umfasst, und wir erhöhen den Beatdruck. Mein ganzer Körper vibriert mit dem Presslufthammerbassbeat. Schüttelt mich durch, bis die Hose rutscht. Keine Möglichkeit, meine Hose hochzuziehen. Der Presslufthammer lässt mich nicht los. Turbobassbeat breitet sich aus und zieht die Hose nach unten bis zu den Schuhen. Mein ganzer Körper zuckt im Rhythmus des Presslufthammerbeats, und die Wand vor mir zuckt mit. Erste Staubkörner lösen sich von der Wand, die sich zu einer Staubwolke bilden. Jetzt rutscht auch noch meine Unterhose. Wo ist der Scheiß-Ausschaltknopf?

Bob der Baumeister: „Ich weiß wo!"
Ich: „Hhhhau aaaab ddddu SSSSSSchwuchtel."

Was will der denn jetzt hier mit seinem gelben Bauhelm? Meine Sprachausgabe ist bei so viel Vibration auch sehr llllllllächerlich .

Bob: „Na gut, dann geh ich wieder."

Meine Unterhose verlässt gerade meinen Intimbereich. Der Dödel peitscht in Richtung Bauchnabel. Jetzt haben wir einen Pimmelbeat, oder anders gesagt, eine peinliche Situation. Ist denn Bob die einzige Lösung? Der hat sich gerade abgewandt, um zu gehen.

Ich: „Bbbbob, stststttop… gggggeh bbbbbbbitte nnnnnnicht… schschschscheißßße…"

Er geht weiter. Der ist wohl voll angepisst. Die Kindersendungen haben ihn verweichlicht. Und diese Wand steht vor mir wie unzerbrechlich. Außer Staub tut sich da nichts. Und der Rauch hüllt mich ein, zum Glück. Beim Zerbrechen der Wand habe ich mich unfreiwillig entblößt. Eine Gegebenheit mit peitschendem Geschlechtsteil und was will man mehr? Es rüttelt und schüttelt mich. Der Presslufthammer gräbt sich immer tiefer. Was nun?

„Los lassen!"

Ich höre diese Stimme, drehe mich um, doch ich sehe niemanden.

„Lass' los!"

Ich lasse los. Der Beathammer verstummt. Ich klopfe mir den Staub vom Leib. Ziehe meine Hosen hoch. Drehe mich noch einmal um die eigene Achse, doch es ist niemand zu sehen. Diese Stimme kommt mir so vertraut vor. Eine Stimme, die ich über zwei Jahre nicht mehr gehört habe. Eine Stimme, die nie so erwachsen klang, eine Stimme, die ich nur als Kinderstimme kenne. Der Rauch legt sich, die Wand steht immer noch. Wer hat diese Mauer gemauert? Aus Beton und Granit?

„Du."
Ich: „Ich bin kein Maurer."
„Du bist der beste Maurer, den ich kenne."
Ich: „Ich bin auch der beste Tänzer der Stadt."
„Das weiß bis auf mich aber keiner."
Ich: „Es reicht, dass wir das wissen."
„Wir haben früher oft zusammen getanzt."

Ich: „Ich weiß."

Die ersten Tränen kullern aus meinem Gesicht. Die Nase läuft, obwohl ich keinen Schnupfen habe. Ich kenne diese Stimme.

Die Treppe (Teil 20)

Das ganze Abwiegen der Nahrungsmittel, das Zubereiten von selbstgemachtem Erdnussaufstrich, das Backen von kohlenhydratarmem Brot hat sich gelohnt. An meiner Seite ein Kind, das uns, vor Freude alle mitreißt. Sie können jetzt auch die Treppe alleine rauf und runter flitzen, diese kleinen Kinderbeine. Dieses kleine Gesicht mit dem großen Lachen nimmt uns alle in den Bann. Unwiderstehlich für Jedermann und Jedefrau. Wir können wieder aufatmen, sind voller Hoffnung für unsere Zukunft, für ihre Zukunft. Denn eine Frage haben alle Eltern, deren Kind ein Handicap hat: Kann es irgendwann auf eigenen Beinen stehen? Denn wir leben nicht ewig und wenn es uns nicht mehr gibt........?

2089 nach Christus Götterdämmerung

Wir haben da ein Problem. Die Götterdämmerung. Ich glaube, der Untergang der Götter steht bevor. Nicht genug, dass mich immer irgendein Albert besucht und mir Eier mitbringt. Die sind so wie die Götter zu 32. Jeder beklagt sich, ich wäre nicht präsent. Bin ich der Präsident? Die Götter haben ein Kommunikationsproblem. Schwirren ständig zwischen Vergangenheit und Zukunft herum. Ich bin auf meine alten Tage überfordert. Ach ja, mich gibt es ja auch noch öfter. Wo stecken meine 31 Ichs eigentlich? Alle sind so wie ich, und doch haben alle anderen Ziele. Bin ich so Multimedia unterwegs? Alle Alberts haben Hühner, alle Götter ziehen zusammen umher und stellen die Welt auf den Kopf. Und meine 31 Ebenbilder gehen alle eigene Wege. Das einzige, was uns eint, ist, dass es alles Einzelgänger sind. Sie mögen nicht das Gleichgesinnte. Wie immer fühle ich mich komplizierter als die Menschen um mich herum. Wenn ich mich verstehe, verstehe ich die Welt. Wenn ich erst sterbe, wenn ich mich selber begreife, werde ich wohl ewig leben. So fühle ich mich mit 121 Jahren wie ein Kind unter Göttern und Eierzüchtern. Und meine eigene Armee streift wildernd durch die Gegenwart. Jeder mit seinem Androiden, der so nebenbei ja auch verdoppelt wurde, was im Eifer des Chaos' unterging. Ich habe hier jetzt 32 Verdoppler und einen Wahrheitsverdreher, der defekt ist. Ich habe einen Gott, der noch 31 Götter im Schlepptau hat. Und ganz viele Alberts, inklusive von meiner Sorte, auch noch 31. Alles Einzelgänger.

Sind Götter die Lösung?

Ich frage euch,…

Ich kenne die Lösung… Musik, wie schon immer in meinem Leben. Inspiration. Und ich habe ja noch den Rückwärts-Licht-Verschlucker. Ihr erinnert euch. Batman neue Erfindung oder was auch immer.

Gott: „Den darfst du niemals benutzen."
Ich: „Und ob!"

Ich betätige den Schalter, es gibt nur diesen einen Schalter. Idioten sich quasi………………… Gäbe es noch was zu berichten, würde ich Euch berichten. Aber nachdem ich diesen Schalter betätigt habe, gibt es nichts mehr, also gibt es auch nichts, worüber ich im Jahr 2089 berichten kann.

Kein Geräusch, kein Licht. Ende.

Die Treppe (Teil 21)

Es hat nicht sollen sein. Die ketogene Diät ist nach fast vier Monaten fehlgeschlagen. Als hätte einer den Lichtschalter ausgeschaltet und die Musik der Freude verstummt. Meine jüngste Tochter verfällt wieder in eine gewisse Abwesenheit. Die Zukunft wirkt begrenzt, um nicht zu sagen, sie wird verschluckt. Bin am Boden zerstört. Wie empfindet meine Frau und Mutter der Jüngsten? Ich weiß es nicht. Sie verschließt sich immer mehr.

Heute. Das Paket

Huhu. Schon wieder heute. Ja es ist doch immer heute! Die Zukunft erlischt im Rückwärts-Licht-Verschlucker. Es ist doch nicht die Frage, was ich will, es ist doch die Frage, wer ich bin. Und es ist auch wichtig, eine Antwort zu finden ohne Gott oder Götter, die es ja jetzt nicht mehr gibt. Die Götter haben die Zukunft nicht überlebt und mich gibt es nur noch in der Gegenwart und in der Vergangenheit. Die Götter gab es immer. Und wenn es sie nicht in der Zukunft gibt, gibt es sie nirgends mehr. Kack die Wand an.

Presslufthammerbeats gegen meine Wand. Eine Stimme, die wieder erklingt in meinem Ohr. Und ich suche. Bin ich blind? Alles zerreißt mich, wie so oft. Der Krake ein fester Bestandteil meines Lebens? Die Treppe in meinem Haus ein Fluch? Die Musik ein Begleiter, den es mit Bedacht auszusuchen gilt? Ein Manipulator, der mich steuert oder den ich steuere? Fragen über Fragen. Ein Kampf zwischen Humor und Untergang. Ein Kämpfen zwischen Bass-Beat und Moll-Dur-Cello.

Ich gerate von einem Fehltritt zum nächsten. Selbstfindung wäre die Lösung, finde aber nur Auswege, die das eigentliche Problem vor sich herschieben. Die Angst vor der Einsamkeit sitzt so tief wie der Erdkern aus Magma, umgeben von Schichten und Erdkrusten. Meine Frau, mit der ich mich über Jahre auseinander gelebt habe, ist gerade aus dem Haus, und ich habe schon die nächste Beziehung. Selbstfindung, Fehlanzeige. Werde erschlagen von meinem eigenen Handeln, was an Inkonsequenz nicht zu übertreffen ist. Wollte mich in Ruhe nach der Trennung ordnen.

Es wird jetzt keinen Heldenschrei von mir geben, um ins letzte entscheidende Gefecht, mit gezogenem Schwert, zu stürmen. Jede Art der Musik, die Helden erweckt, prallt von mir ab. Es gibt keine Revolution. Die Überbrückung der Zeit, von einem Orgasmus zum nächsten, kann auch nicht die Lösung sein. Eine E-Mail von Verivox „Lieber Herr Sowieso: Kfz-Kosten ausbremsen." Ich bremse mich schon selber aus, was brauche ich also Euch!

Es klingelt. Ich gehe wie erschlagen zur Haustüre. Es ist der Postbote. Kein Gott, einfach nur der Postbote.

Postbote: „Tach."
Ich: „Tach."
Postbote: „Hier, für sie. Hier bitte unterschreiben."

Ich: „Oh ein Paket, ich habe gar nichts bestellt."

Postbote: „Bitte."

Ich: „Danke."

Postbote: „Schüss."

Ich: „Schüss."

Ich schlürfe ohne die Füße kaum zu heben ins Wohnzimmer, setze mich auf die Couch, lege das Päckchen, so groß wie ein Bierkasten, auf den Tisch vor mir. Ja was könnte wohl drin sein? Vielleicht ein Presslufthammer oder eine Gießkanne? Ich hebe es vorsichtig an und rüttle es vorsichtig. Das Gewicht variiert, was ich schon mal sehr ungewöhnlich finde. Beim Rütteln reißt es mich schlagartig nach links. „Gewichtsverlagerung", würde ich sagen. Ich stelle es rasch wieder auf den Tisch. Es kippt komplett auf die linke Kartonseite. Hat sich die Gravitation gerade links verlagert? Scheiße, da ich nicht weiß, was drin ist, gibt es zwei Möglichkeiten. Aufmachen oder zulassen und wegstellen. Ok, aufmachen. Schnell noch was Abenteuermusik angeschmissen. Abenteuermusik? Was oder wie soll sich das denn anhören? Ich habe nach kurzer Überlegung was gefunden. „Sonnenaufgang" von Richard Strauss. Drücke auf „Play", doch bevor ich das Paket geöffnet habe, ist der Sonnenaufgang schon zu Ende. So öffne ich bei absoluter Stille den Karton und bekomme eine Gänsehaut. Obwohl ich keinen Inhalt sehe, bemerken meine anderen Sinnesorgane sofort, mit welcher Vielfalt dieses Paket gefüllt ist...

So kann ich nur die Augen schließen und mich den Gerüchen hin- geben. Und ich kann auf Anhieb alle zuordnen. Mein ganzes Leben spielt sich vor meinen Augen ab. Von der Geburt bis jetzt. Rieche den Geruch meiner Mutter. Den Geruch der Wohnungen und Häuser, in denen ich als Kind war. Momente, die in den Gehirnwindungen verschollen waren, tauchen, fast greifbar, vor mir auf. Wiesen bei

Sonnenuntergang. Maisfelder, in denen wir uns als Kinder versteckten. Geborgenheit. Liebe. Leichtigkeit.

Leichtigkeit, wo bist du geblieben?

Stimmen sind plötzlich zu hören von Menschen, die mich jahrelang begleitet haben. Menschen, die schon lange nicht mehr unter uns weilen, die doch nie so wichtig erschienen, und nun wird mir klar, wie wichtig sie waren. Der Onkel, die Oma, die ich mit 21 verlor, meinen Vater mit 29 Jahren. Meine Mutter mit 40 Jahren. Freunde aus meiner Kindheit, die ich nie vermisst habe. Und nun? Und nun wird mir klar, wie wichtig sie waren. Ein Wohlgefühl tritt ein. Ein Beben folgt. Ein sanftes Beben. Und die Wand fällt.

Und fällt und fällt.

Die Treppe (Teil 22)

Diät fehlgeschlagen. Egal. Wir werden einen anderen Weg finden. Wir versuchen es wieder mit Tabletten und sind auch sehr erfolgreich, wer weiß wie lange? Inzwischen ist auch mir klar geworden, dass durch die Epilepsie eine geistige Behinderung Fakt ist. Sprachlich liegt sie doch sehr weit zurück, aber egal, ihr Lachen hebt alles auf. Nur das Ins-BettBringen klappt nicht so gut. Sie will nicht alleine schlafen. Selbst harte Ausdauer unsererseits reicht nicht aus, treibt uns eher selbst in den Wahnsinn. Die Kleine ist lebensfroh und hat einen sturen Kopf.

Steter Tropfen höhlt den Stein
Das Totenhaus

Seit einigen Jahren wohnen wir jetzt in meinem elterlichen Haus. Habe es über zwei Jahre umgebaut, auch die besagte Treppe in neuen Glanz gebracht. Die Älteste hat ihr Zimmer im Parterre, die Jüngste hat ihr Zimmer die Treppe hoch, dann erste Tür rechts. Das solltet ihr euch gut merken. Die Treppe hoch dann rechts. Ein wichtiger Bestandteil dieses Buches. Eigentlich das, worum sich hier alles dreht. 1933 oder so wurde das Haus von meinen Urgroßeltern erworben, die aber schon vor meiner Geburt auf dem Friedhof landeten, für 3900 Reichsmark. Meine Oma lebte hier mit ihrem Lebensgefährten, streng katholisch, und der Frühschoppen, sonntags, gehörte zum Leben ganz normal dazu. Die Kneipe mit Saal befand sich direkt in unserer Straße. Der Trommler und Pfeifenkorps übte dort immer unter der Woche. Ich durfte dann mal als Achtjähriger die Standarte vorneweg tragen, beim Umzug im Dorf. Was mir gar nicht recht war, aber als es so weit war, kam ich mir vor wie King Currywurst. Das Kneipengebäude mit Saal wurde dann einige Jahre später abgerissen. Heute stehen dort Wohnhäuser. Der Lebensgefährte starb noch in meiner Kindheit. Meine Oma folgte ihm, als ich so ca. 21 Jahre war. Beide starben in demselben Zimmer, wo heute meine Älteste ihr Reich hat. Dann zog ich mit meinen Eltern in dieses Haus. Mein Vater starb in der Badewanne des Raums, der heute die Abstellkammer ist. Er hatte einen Herzinfarkt. Zu dieser Zeit wohnte ich aber nicht mehr bei meinen Eltern. Es gab noch keine Handys, aber Anrufbeantworter. Auf denen man Sprachnachrichten hinterlassen konnte. So kam ich an diesem Tag nach Hause und hatte einige Nachrichten auf meinem Anrufbeantworter. Ich wohnte so ca. fünf km von Zuhause weg, und hörte den Krankenwagen und Notarztwagen, als ich vorher an diesem schönen Sommertag draußen am

Steinbruch war. Ich hörte also den AB ab, hörte die Stimme meiner Mutter, die sehr aufgeregt klang.

Mutter: „Habe gerade den Notarzt gerufen, dein Vater sitzt in der Wanne und ich glaube, er hat einen Herzinfarkt."

Ich hörte die nächste Nachricht ab. Mein Gehirn hatte sich ausgeschaltet. Erstarrte zur Maschine.

Mutter: „Die Nachbarn haben gerade deinen Vater mit vier Mann aus der Wanne gehoben. Ich kann den Krankenwagen schon hören."

Mein Vater war übergewichtig. Ich hörte die nächste Nachricht ab.

Mutter: „Der Notarzt ist da, die versuchen ihn gerade wiederzubeleben."

Ich hörte die nächste Nachricht ab.

Mutter: „Dein Vater ist tot."

Ich setzte mich ins Auto wie eine Maschine und fuhr hin. Meine Gedanken waren frei, ich spürte das Leben. Die Maschine in mir löste sich auf. Ich war Mensch. Ich war da. Ich ging ins Bad, dorthin, wo der leblose Körper meines Vaters lag. Es war auf den harten Fliesen vor der Badewanne. Im Todeskampf hatte er in die Wanne geschissen. Ein unwürdiger Abgang, dachte ich mir. Ich schaute mir seinen leblosen Körper lange an. Ich war ganz ruhig. Das, was da lag, war nicht mehr mein Vater. Und ich zweifelte zum ersten Mal an ein Leben nach dem Tod. Der Mensch nahm sich wohl doch zu wichtig, war das ,was mir so im Kopf herumschwirrte. Es macht klick und man ist weg, für immer. Es gibt keinen Rückfahrschein.

Meine Mutter lebte ihre Depressionen aus. Als Einzelkind war ich ihr Ein und Alles. Ihre Liebe erdrückte mich, jetzt wo sie alleine dastand, noch mehr als vorher. Ich heiratete und sie verlor wieder ein Stück von mir. Es kam das erste Kind, und sie entfernte sich noch ein Stück von mir. Sie konnte einfach nicht loslassen. Ihre Depressionen wurden noch schlimmer. Sie fing an, die Nahrungsaufnahme zu erweigern und wurde immer schwächer. Die letzten Monate ihres Lebens lag sie nur noch im Bett. Und am letzten Tag ihres Lebens setzte die Atmung öfter aus. Es war abzusehen, dass sie den damaligen Tag nicht überleben würde. Als sie ihre letzten Atemzüge machte, war ich bei ihr. Sie war schon nicht mehr ansprechbar. Sie war schon im Jenseits, glaube ich. Ihr Körper nahm noch einem Atemzug, er wollte das Leben noch nicht loslassen. War es der letzte Atemzug? Nein. Nach längerer Pause schnappte sie noch einmal nach Luft. Die Atempausen wurden immer länger. Und dann kam ihr letzter Atemzug. Ein letztes Mal tief Luft holen und das Leben war unweigerlich zu Ende. Für sie gab es kein Zurück mehr in meine Welt. Es war ein bewegender Moment. Der letzte Mensch, der mich lebenslang begleitet hat, war nun von mir gegangen.

Meine Älteste (die Tänzerin) sagte, als das Kaninchen gestorben ist, sei ich trauriger gewesen als beim Tod ihrer Oma.
Da sagte ich: „Völlig legal."
Wer gibt denn der Oma mehr Trauerrechte als dem Kaninchen?
Ich nicht.
Man vermisst das am meisten, was dich respektiert hat, dich genommen hat, wie du bist. So wie es halt die Kaninchen tun.

So baute ich nach dem Tod meiner Mutter das Haus fertig um. Ich hatte schon vorher mit dem Umbau angefangen. Aber es gab

Komplikationen mit meiner Mutter, auf die ich vielleicht später drauf eingehe. Das Glück vom Eigenheim wurde wahr. In dem Jahr, als wir einzogen, wussten wir noch nicht, dass die Jüngste unter Epilepsie litt. Alles schien perfekt. Mein Job machte mir Spaß. Ich pflanzte Tomaten und Gurken im Treibhaus. Der Garten war sehr groß, also pflanzte ich dort Gemüse an. Kartoffeln, Porree und so ein Zeug. Die Ehe blubberte so vor sich hin, sie war verbesserungswürdig.

Wie in der ersten Zeile erwähnt, wohnten wir schon einige Jahre hier. Wir kämpften bis jetzt nur gegen Epilepsie und nun kam noch meine Depression mit dem Nervenzusammenbruch dazu.

Und noch was. Gott erschien mir im Traum, was er noch nie gemacht hat. Wenn, dann kommt er persönlich vorbei. Es gab da wohl ein paar Komplikationen in der Zukunft. Er meinte, ich könne nicht mehr auf ihn zählen, weil er nicht mehr existiere. Und jetzt kommt es… Es sei meine Schuld. Der Typ ist einfach unverschämt. Wer bin ich denn, dass durch mich Gott nicht mehr existiert? Na, wenn ich das dem Papst erzähle! Obwohl, dann steigt er wieder eine Leiterstufe nach oben. Er wird es mir danken.

Die Treppe (Teil 23)

Heute bringe ich die Kleine wieder ins Bett. Sie will einfach nicht alleine in ihrem Bett schlafen. Sie zeigt in Richtung Decke und ich frage sie, was da sei.

Die jüngste: „Da."

Ich: „Was ist da ?"
Die jüngste: „Da."

Ich gehe in mich und frage.

Ich: „Hast du Angst?"
Die Jüngste: „Ja... Angst."

Es läuft mir eiskalt den Rücken runter. Ich kann den Grund nicht erklären. Ich nehme sie mit ins Ehebett. Sie wirkt glücklich und erleichtert.

Dampfwalze - Doppel D (1996)

Was ich zu diesem jetzigen Zeitpunkt nicht wusste ist, dass „Doppel-D" etwas mit BH zu tun hat. Doppel-D hätte auch 'was mit Tennis zu tun haben können. Doppel der Damen oder so. Auf jeden Fall rief mich ein Kumpel an und meinte, am nächsten Sonntag mache wiederum sein Kumpel 'ne Geburtstagsparty .

Ich: „Ja und?"
Der Kumpel: „Kennst du Beate?"
Ich: „Nein."
Der Kumpel: „Die hat ein Foto von dir gesehen, was hier bei mir an der Wand hängt, und würde dich gerne kennen lernen, was ich dir aber nicht sagen darf."
Ich: „Ach."
Der Kumpel: „Kommste?"
Ich: „Sonntags?"
Der Kumpel: „Ja sonntags."

Ich: „Ich geh doch nicht sonntags auf'ne Party, muss Montag arbeiten."

Der Kumpel: „Die hat Doppel-D."

Ich: „Und ich hab Doppel-V. Das V steht für Verglasung. Was ist Doppel-D?"

Der Kumpel: „Die hat Riesentüten."

Ich: „Woher willst du das wissen?"

Der Kumpel: „Ich war dabei, als sie sich einen BH gekauft hat."

Ich: „Und wegen Riesen-Tüten soll ich jetzt sonntags auf ‚ne Party gehen?"

Der Kumpel: „Ja."

Ich überlege gerade, ob ich nach dem Aussehen fragte. Ich hoffe doch. Aber ich weiß es nicht mehr.

Ich: „Ich überlege mal, vielleicht komm ich."

Unterbewusst war mir zu dieser Sekunde schon klar, dass ich da auf jeden Fall hinfahren würde, aber nicht wegen Doppel-D, was durchaus einen Reiz auf mich ausübte. Es war der Gedanke, dass eine Frau anhand eines Fotos von mir, mich so interessant fand, Punkt. Ich nahm meinen Kumpel mit, der damals aussah, oder immer aussah wie Jesus. Ein Künstler. Wir fuhren nach Köln. Ca. 50 km von Aachen aus. Es war noch hell. Wer sonntags feiert, muss halt früh anfangen. Ich hatte ein schwarzes Hemd an und sah rattenscharf aus, aus meiner Sicht. Wir klingeln und die Tür wird per Summton direkt geöffnet. Schon am Eingang nahm ich eine Frau wahr, die ganz in schwarz gekleidet war. Enge schwarze Hose, schwarze Schuhe mit hohen Absätzen, schwarzes Oberteil in die Hose gesteckt. Ich würde sagen, das ist die Doppel-D-Frau. Meine Blicke scannten sie ab und das Doppel-D wurde zur Nebensache. Glatte lange blonde Haare, mit einem breiten Lachen und hübsch war sie auch noch. Oh Scheiße, dachte ich mir, wenn die jetzt nicht doof wie Stroh ist, oder ich gar kein Wort herausbekomme, ist es wie in einem Traum. Ich sollte schnell ein paar Kölsch trinken, bevor meine Beine weich werden. Unsere Blicke trafen sich, und wir kamen direkt ins Gespräch. Die ersten Sätze bekomme ich nicht mehr zusammen, war schon direkt hin und weg. Es stellte sich direkt eine Gemeinsamkeit heraus, die, was völlig reicht, aus Filmen bestand. Wir hatten eine Vorliebe für dieselben Filme und hatten auch denselben Humor. Doppel-D wurde plötzlich zur Nebensache. Und es lag direkt ein Knistern in der Luft, wo es auf die Geduld und Zurückhaltung des anderen ankam. Scheiß auf die Zurückhaltung, dachten wir wohl im selben Augenblick........

Eine Zwischenbemerkung von mir. Zu dieser Zeit war ich mir selber so nah wie nicht so oft in meinem Leben. Es gab diese Momente öfter in meinem Leben, und heute war so ein Tag. Und diese Frau haute mich um. Eine Frage des Moments. Und der Moment trägt noch heute Wurzeln. Ich sollte mir eine Kippe drehen, um weiter zu berichten. Ich drehte mir eine Kippe, nippte am Bier und versetzte mich wieder ins Jahr 1996, Sonntag der 17.11. Ja, es ist ein Sonntag, der Tag, den ich schon immer gehasst habe, als Kind und auch jetzt. Wie kann man an einem Sonntag so eine Frau kennenlernen? Ist mir bis heute unbegreiflich. Und so stand ich hier, an einem Sonntag mit dieser Frau, blond, breites Lachen, und explodierte innerlich vor Glück. Die Chemie war von Anfang an auf dem höchsten Level. Wenn ich sie nicht zutexten würde, würde ich sagen, ich sei sprachlos, aber es sprudelte nur so aus mir 'raus. Ich war selbst von mir überrascht. Dass wir uns dann küssten, uns buchstäblich verschlangen, war nicht mehr zu verhindern. Nach Rücksprache mit Frau Doppel-D haben wir uns wohl in die Küche zurückgezogen und die Tür abgeschlossen. Also sie hat die Türe abgeschlossen, bis dann einige Partygäste wie wild an der Türe klopften. Wir beschlossen, zu ihr nach Hause zu gehen. Ich verabschiedete mich noch von meinem Kumpel, der mit seinem Jesusgesicht und einem Lachen die Lage nicht ganz einordnen konnte. War ich doch der Fahrer! Wie kommt der jetzt nach Hause? war mir gerade scheißegal. Wenn man aussieht wie Jesus oder Gott, wird man wohl irgendwie nach Hause kommen. Und Liebende darf man nicht aufhalten, Frau Robinson, das müsste mein Kumpel auch verstehen.

Wir gingen dann los, Richtung Südstadt, da wo sie wohnte, so ca. 20 Minuten. Ich weiß nicht mehr, ob es hell oder dunkel war. Ich hatte so gewisse Filmrisse. Und der Versuch, mir unterwegs 'ne Zigarette anzuzünden, scheiterte kläglich zur Belustigung meiner Begleitung. Schlussum, bei ihr zuhause fielen wir übereinander her, und der Sonntag ging zu Ende. Der Montag stand vor der Türe. Ich musste zum Auto zurücklaufen, um dann zur Arbeit zu fahren. Da stand sie nun an der Türe um „Tschüss" zu sagen. Ihr langes blondes Haar war ganz zerzaust und bedeckte den Doppel-D-Busen. Ich sagte „Tschüss" und diese Bild brannte sich in mein Gehirn. Da stand sie, wie ein Engel, und meine Knie wurden schon wieder weich. Ich brauchte gerade keinen Gott, ich bin Gott und Clint Eastwood nur ein Abziehbild. Es gibt tausend Gründe, sich nicht zu verlieben, aber mir fiel gerade keiner ein. Auf Wolke Sieben, an einem Montagmorgen Richtung Autoparkplatz durch die Kölner Stadt. Vielleicht war es auch Wolke Nummer acht, ist eh egal. Der Weg zur Arbeit war noch nie so leicht bekömmlich. Die Autobahn wirkte zehnspurig, mein Horizont unendlich.
Plötzlich drückte jemand seine 45 Magnum an meinen Hinterkopf. Selbst das konnte mich gerade nicht beeindrucken.

Ich: „Hi Clint."

Clint: „Hallo Bursche. Hat dir heute schon jemand das Gehirn weggepustet?"

Ich: „Ja und das ganz ohne 45er. Du Depp."

Er knirschte mit den Zähnen und durch den Rückspiegel sah ich, wie sein linker Augenschlitz noch kleiner wurde. Der linke Mundwinkel verzog sich gleichzeitig nach oben. Doch ich verspürte keine Angst und legte noch einen Sachverhalt dar.

Ich: „Ich bin nicht bewaffnet."

Clint: „Dann hättest du dich halt bewaffnen sollen."

In der Tat ein guter Einwand. Aber ich ließ mich heute nicht von Dirty Harry ins Jenseits befördern. Ich drückte die Schleudersitztaste. Mein Tschüss erwiderte er nicht mehr. Meine ganze Rückbank hat sich in die Luft katapultiert. Ich ging davon aus, dass er angeschnallt war. Das Ding hatte natürlich einen Fallschirm. Ich schloss mein Faltdach. Das Problem Clint war erstmal entfernt.

Auf zu neuen Ufern. Rief den Kumpel aus Köln an, brauchte die Telefonnummer dieser Doppel-D-Frau. Bekam sie. Rief aus taktischen Gründen nicht direkt an. Man will ja nicht mit der Tür ins Haus fallen. Rief meinen anderen Kumpel an, der Jesusverschnitt. Wollte mich nur mal erkundigen, wie er denn so nach Hause gekommen sei. Ja mit dem Taxi, sagte er. Jo, geht doch.

Ich rief die Frau mit den glatten blonden Haaren an, die manchmal zerzaust sind. Strategisch vielleicht zu früh. Gefühlsmäßig zwei Tage zu spät.
Am Wochenende fuhr ich wieder nach Köln, ohne Rückbank, zu ihr, um Billard spielen zu gehen. Sie hatre sogar einen eigenen Queue. Sie

würde mich über den Tisch ziehen, dachte ich mir. Wir hielten uns zurück, es fiel kein Kuss, aber es lag wieder ein Knistern in der Luft. Das haben zweite Treffen so an sich. Fängt man mit dem an, womit man aufgehört hat? Wild knutschend übereinander herfallen? Es war mal wieder eine Frage der Zeit, bis wir übereinander herfallen würden. Es war wohl der Moment, in dem ich merkte, dass ich hier nichts gewinnen konnte, denn Küssen kann ich, aber nicht gewinnen. Wir küssten uns und die Zeit blieb stehen.

So blieb die Zeit zwei Monate stehen. Bis Clint Eastwood wieder aus dem Nichts erschien. Er hatte wohl eine weiche Landung.

Clint: „Hier ein Brief für dich, von der blonden Doppel-D-Frau. Und Respekt, das ist doch die, die dir ohne eine 45-Magnum das Gehirn weggepustet hat?"
Ich: „Oh danke."

Ich ahnte Schlimmes. Ein Brief? Ich hatte schon am Tag vorher vergeblich versucht, sie anzurufen. Und in der Tat, sie schoss mir ein zweites Mal das Gehirn weg. Sie beendete die Beziehung.

Clint : „Lass dich mit keinem Revolverhelden oder -heldin ein, der oder die schneller zieht als ich."

Die Treppe (Teil 24)

Der 28.1.2015 naht. Mit den Tabletten klappt es besser als gedacht. Das Kind ist so lebensfroh. Und wir schaffen es auch, dass die Kleine in ihrem Bett einschläft. Vorher kuscheln meine Frau oder ich mit ihr im

Ehebett und anschließend bringen wir sie in ihr Zimmer. Alles wirkt so entspannt.

Steter Tropfen trifft auf Dampfwalze

Du liegst besoffen unter dem Weihnachtsbaum, nur mit einer Unterhose bekleidet, in Embryonalstellung. Der Weihnachtsmann kuschelt sich, nur mit einem weißen Bart bekleidet, an dich.

Weihnachtsmann: „Hoo hoo."

Du merkst im Halbschlaf, dass irgendwie etwas nicht ganz so ist, wie es sein soll. Das Butterbrot in deiner Hand ist nur einmal angebissen und du denkst, dass bist vielleicht du, also ich.

Weihnachtsmann: „Hoo hoo hoo."

In der Tat, ich bin es. Der Weihnachtsmann grabscht an meine Brust und reibt seinen Bart an meinen Nacken. Mir wird schlecht. Doch um aufzuspringen fehlt mir die Orientierung. Jetzt dreht er meine rechte Brustwarze und ich verspüre etwas Hartes an meinem Hinterteil.

Weihnachtsmann: „Hoo hoo hoo Süßer."

Jetzt doch. Ich springe auf, alles dreht sich in meinem Kopf und ich falle in den Weihnachtsbaum. Die Nadeln spießen mich auf. Besser die Nadeln als der Ständer vom Weihnachtsmann. Verzwickte Lage. Frau und Kinder schlafen schon und der schwule Weihnachtshänsel sucht ‚nen süßen Arsch. Wie erkläre ich das den Kindern? Verheddere mich im Kabel der LED-Beleuchtung, Weihnachtskugeln fallen zu Boden und zerplatzen zu kleinen gemeinen dünnen Glassplittern. Manche bleiben ganz und rollen eiernd über den Boden. Der Schwerpunkt der Aufhängung halt, verlagert das Gewicht der Kugel, denke ich für einen Bruchteil einer Sekunde.

Weihnachtsmann: „Hoo hoo, dein Arsch lacht mich an."

In der Tat ist meine Stellung für ihn günstig, für mich eher ungünstig. Wo ist eigentlich das angebissene Butterbrot? Da kümmere ich mich später drum. Scheiß jetzt auf den Weihnachtsbaum, ich muss an meinem Stellungsspiel arbeiten. Ich drehe mich aus der Hocke heraus in den Stand und versetze dem Weißbärtigen einen Schwinger mit der Rückhand, die Glassplitter bohren sich in meine Ferse. Der nackte Ständermann taumelt, tritt zwei ganz gebliebene Glaskugeln platt und geht zu Boden. Der Baum steht, in der Mitte eingenickt, schräg an der Wand, und der ganze Glitzerscheiß liegt auf dem Boden verteilt. Passend dazu serviere ich den Weihnachtsmann mit Ständer.

Ich: „Hoo hoo du Homo, noch Fragen?"

Weihnachtsmann: „Ist das alles, was du drauf hast?"

Was soll ich sagen? Dann hole ich halt ein Kantholz aus der Garage und klopfe es an ihm rund. Im selben Moment höre ich einen Kontrabass, gespielt von Clint mit Poncho und es klingt swingmäßig leicht. Die tiefen Basstöne lassen mich entschlacken. Leichten Schrittes gehe ich in die Küche. Planänderung. Wir ersetzen Kantholz durch Bratpfanne. Der erste Aufschlag geht an mich. Schranktür aufgerissen, Bratpfanne entwendet. Zielstrebig zurück ins Wohnzimmer. Weihnachtsmann rappelt sich gerade auf. Ich entscheide mich spontan für Rückhand. Die Rückhand war nie meine Stärke, aber man muss auch schon mal seine

Schwächen ausspielen. Volltreffer. Seine Füße suchen nach Halt, er geht unweigerlich wieder zu Boden.

Clint: „Erste Sahne Amigo."
Ich: „Um das klar zu stellen. Ich habe nix gegen Schwule."
Clint: „Aber dein Arsch gehört dir. Und Weihnachten ist ein Fest der Liebe."
Ich: „Das sagst du?"

Clint zupft jetzt die Seiten wilder und fester. Er legt noch einen drauf und setzt zum Swingsolo an, obwohl er eh alleine ohne Begleitung spielt. Ich entsorge den Weihnachtslümmel, weil dessen Atmung plötzlich aussetzt, im Garten zwischen Hecke und Misthaufen. Alles läuft wie geschmiert. Weihnachten ist gerettet. Frau und Kinder werden wach. Kommen und sehen den schiefen Weihnachtsbaum, die Beleuchtung liegt erloschen am Boden, ein angebissenes Butterbrot liegt zwischen den dünnen Glasscherben. Für mich wirkt alles perfekt, weil… ja ich hab' den Weihnachtsmann in die Flucht geschlagen. Meine Frau und die Kinder schauen entsetzt. Ich könnte alles erklären, doch das erscheint mir jetzt gerade sehr optimistisch. Aber ich bin nicht ganz sprachlos.

Ich: „Äää."

Das müsste als Begründung und zur Entschärfung der Lage erstmal als Argument reichen.

Die Älteste: „Ich glaube Papa ist besoffen."
Ich: „Mag sein, aber der Weihnachtsmann ist auch tot."

Meine wohlüberlegten Worte bringen ein gewisses Entsetzen in alle Gesichter, außer in meines, was für noch mehr Entsetzen sorgt.

Aber das Glück ist auf meiner Seite. Ich sacke in mich zusammen und schlafe unverzüglich ein, und als ich am Morgen wieder aufwache, kann ich mich an nichts mehr erinnern.

Die Treppe (Teil 25) - Der letzte Schnee

Der Schnee im Januar ist gerade erst geschmolzen. Vor wenigen Tagen, als die Felder noch weiß waren, zog ich meine Jüngste mit dem Schlitten durch dieselben.

Die Jüngste: „Schneller Papa!"

Und ich zog schneller den Schlitten.
Und sie lachte laut vor Freude.

Die Jüngste: „Schneller, schneller Papa!"

Und ich zog noch schneller.

Und sie fiel vom Schlitten ins Weiße.
Und sie lachte noch lauter.
Und ihr Gesicht war mit Kristallen bedeckt.

Ich: „Papa kann nicht mehr!"

Clint saß am Feldwegrand, den Poncho mit Schnee überdeckt und verkniff sein Gesicht.

Clint: „Ist das alles was du drauf hast?"
Ich: „Clint du hier? Das kann nichts Gutes bedeuten!"

Ich packte meine Tochter und legte sie auf den Holzschlitten. Ich schwitzte unter meiner dicken Winterjacke und sie lachte. Sie lachte für die ganze Menschheit, die ihr Lachen doch verschluckt hat. Ich schaue zu Clint rüber.

Clint: „Ich bin einer von den Guten!"

Von mir gab es keine Antwort. Brachte meine Tochter total erschöpft nach Hause. Legte sie zu Bett und der Schnee schmolz.

Engel brüllen sich zu Tode

Es wird Zeit, die Revolution zu starten. Den Druck und die Erwartungshaltung der Mutter zu brechen. Ich grabe also das Kriegsbeil aus und es wird kein Zurück mehr geben. Es geht nur noch nach vorne. Ab jetzt wird zurückgeschossen.

Ich weiß nicht mehr den Tag, ich weiß nicht mehr das Jahr. Ich bin 13, 14, oder, 15. Ich fange mit Liebesentzug an. Bestrafe meine Mutter mit Nichtachtung. Ziehe mich aus ihrem Leben zurück. Schreit sie mich an, schreie ich zurück. Es ist kein offenes Gefecht, wo sich die Kontrahenten gegenüberstehen und sich in die Augen schauen. Es ist ein kalter Krieg, wie damals zwischen Russland und den Vereinigten Staaten. Und ich merke nach kurzer Zeit, dass ich in allen Belangen überlegen bin. Die Ausbildung meiner Mutter trägt Früchte. Ich weiß wo man das Skalpell ansetzen muss, um den größten Schmerz auszulösen, bei vollem Bewusstsein. Ich fühle mich wie Gott und herrsche über meine Mutter. Es liegt in meiner Hand, sie zu zerstören.

Ihre Tränen erzeugen ein Wohlgefühl in mir. Die Macht möge mit mir sein.

Ist es das was ich will? Meine Mutter, mein eigen Fleisch und Blut, zu Grabe zu tragen?

Ist es nicht ihre Saat, die Früchte trägt? Die Guillotine steht bereit. Das Fallbeil bis zum Anschlag ins Holz gepresst. Die Schwerkraft wartet auf scharfes Metall. Köpfe werden rollen. Der Mob brüllt nach Vergeltung. Und Zarathustra spricht.

Zarathustra: „Wir brauchen einen neuen Sonnenuntergang. Auf dein Zeichen mein Freund und das Fallbeil fällt."
Ich: „Ihr braucht ein Zeichen? Ich gebe es euch. Es gibt kein Zurück mehr. Gebt der Schwerkraft das, wo nach sie verlangt. Gebt ihr das Fallbeil."

Hier an dieser Stelle eine Klarstellung..., wir sind hier nicht bei Walt Disney.

Das metallische, scharfe Etwas fällt blutleckend in Richtung Hals und trennt den Kopf sauber vom restlichen Körper meiner Mutter. Es ist vollbracht, denk' ich mir. Aber so viel vorweg, ich habe mich geirrt.

Die Treppe (Teil 26) - Der 28.1.2015

Kein Schnee mehr auf den Feldern. Die Sonne hat sich vor vier Stunden vom Horizont verabschiedet. Ein Tag wie jeder andere. Der Sekundenzeiger dreht sich unaufhaltsam rechts herum. Ich bin gerade erst nach Hause gekommen.

Bevor ich mich duschen gehe, meint meine Frau, die Kleine war heute nicht gut drauf, bevor ich sie ins Bett gebracht habe. Sie wollte auch nicht kuscheln.

Ich bin müde und will nach dem Duschen direkt ins Bett. Ich gehe also die Treppe hoch, Schritt für Schritt, ... Schritt für Schritt. Rechts das Zimmer meiner Jüngsten, links ging es Richtung Bad. Aber ich gehe immer noch die Treppe hoch, Schritt für Schritt. Die Anzahl der Stufen steigt ins Unermessliche. Es sind nun 21 Uhr 43, doch diese Treppe erscheint mir unendlich. Der Sekundenzeiger lässt die 12 hinter sich und es sind 21 Uhr 44.

Die Jüngste: „Schneller Papa, schneller."

Ist es nicht ihre Stimme, die mir das sagt? Ich schaue rechts in ihr Zimmer, als ich es doch nach einer Ewigkeit bis oben ans Ende dieser Treppe geschafft habe. Ihre Tür steht immer auf. Beim kleinsten Geräusch wird sie immer sofort wach, aber nicht heute. Eine Stille ergreift mich und führt mich zu ihr ans Bett.

Ihr Schlafbär liegt neben dem Bett auf dem Boden. Es riecht nach Erbrochenen. Kein Geräusch und keine Zeit befinden sich in diesem Raum. Ich setze mich leise zu ihr ans Bett, um sie nicht aufzuwecken. Hebe ihren Schlafbär auf. Sie liegt mit dem Gesicht in ihr Kopfkissen gepresst, so kann sie doch keine Luft bekommen, denke ich mir. Meine Hand berührt ihren rechten Arm. Ihr Arm fühlt sich kalt an. Zu kalt denk ich mir. Ich greife unter die Decke und berühre ihr Bein. Ihr Bein ist warm, zum Glück. Bin für eine letzte Sekunde beruhigt. Doch hier in diesem Raum, gibt es keine Stunden, keine Minuten und auch keine Sekunden mehr. Ich packe sie am Hals und drehe den Kopf von ihr zu mir.................

Ein Cello spielt das tiefste E-Moll, was es nur gibt. Die Zeit friert ein und ist nutzlos. Es herrscht Stillstand.

Ihr Gesicht ist zu weiß, zu leblos. Es gibt kein Lachen mehr aus ihrem Mund, nie mehr... niemals mehr.

Zeit

Das Leben geht weiter. Nein sage ich. Die Zeit steht still. Und jetzt frage ich mich..., Revolverheld, wo bist du?

Heute (Namen)

Fast drei Jahre ist es her, dass die Zeit für fast ein Jahr stillstand. Heute rauche ich eine Kippe nach der anderen. Gehe joggen, trinke statt Pils Weizen. Der Hammerpimmelbeat begleitet mich, rüttelt mein ganzes Leben durch. Höre Musik und fange an zu verstehen. Ich mach' mir noch 'ne Kippe an, trinke noch ein Weizen und die Musik läuft nicht leise im Hintergrund, sondern prescht mir laut ins Trommelfell. Die Gedanken tanzen mit den Gefühlen. Wirkt alles sehr harmonisch. Ich sitze hier und schreibe. Beat, Bass, Groove umgeben mich. Es wird Zeit aufzustehen. Es wird Zeit zu erwachen, nach dem Tod meiner Jüngsten Tochter, der mich aus meinem „Steter Tropfen höhlt den Stein" herausrissen hat. Doch so verfiel ich wieder diesem Trott der Anpassung, musste funktionieren, also funktionierte ich.

Alle im Gleichschritt der Oberflächlichkeit entgegen.

Ich: „Oder was meinst du, Clint?"

Clint: „Früher hatten die Männer noch Eier, jetzt haben sie nur noch Hoden!"

Ich: „So ist es. Ich sehe, wir haben dieselbe Wellenlänge."

Clint: „Prost."

Ich: „Dito."

Es wird Zeit für „Beautiful day" von U2 und den Lieblingssong von Gott.

Ich: „Ich habe ihn lange nicht mehr gesehen."

Clint: „Du meinst Gott?"

Ich: „Ja genau, den meine ich."

Clint: „Tja."

Ich: „Tja."

Clint: „Ich hab' jetzt 87 Jahre auf dem Buckel. Glaube mir, ich bin kein Gott, ich bin nur ein Revolverheld, aber du... hast alles selber in deinen zwei linken Händen."

Ich liebe es, wenn er so spricht. Gerade heraus, ohne Umschweife, mit einer Beleidigung am Ende. Heute ist ein „Beautiful day". Clint ergreift meine rechte und linke Hand, denn mein Name ist unwichtig. Namen sind nur Schall und Rauch, und ich bin ich.

Und dann gibt es noch meine Frau, die Mutter meiner Kinder, und ich flüstere ihr ins Ohr....

„Wach auf!"

Doch sie reagiert nicht, also brülle ich.

„WACH AUF!"

Mehr kann ich nicht tun, ich kann nur leise brüllen.
So rauche ich noch eine Kippe und trink' ein Weizen.

Ich: „Prost Clint."
Clint: „Lenk' nicht ab!"
Ich: „Ich bin auf einem guten Weg."
Clint: „Mach' Nägel mit Köpfen!"
Ich: „Es ist noch ein weiter Weg."
Clint: „Nimm mein Pferd!"

Die Treppe (Teil 27)

30mal drücken, 2mal beatmen. Oder 15mal drücken, ich weiß es nicht mehr so genau. Ich tue, was zu tun ist. Im Hintergrund tätigt meine Frau den Notruf. Meine Sinne nehmen alles wahr, dass es mich selbst erschaudert.

Ein letztes Mal brülle ich meine Kleine an…!

„Mädchen… komm… komm… zurück…!"

Meine Hände versinken in ihrem Brustkorb.

„Kommm… komm… zurück!"

Sie kommt nicht mehr… Der Sekundenzeiger bricht ab und fällt ins Unendliche.

Dampfwalze (1987)

Die Blase drückt. Reichlich Bier fördert den Harndrang. Für Nahrungsaufnahme gibt es keinen Raum, sonst platze ich, vom tiefen E bis zum hohen E. Denke... blubbi du und schubbi du. Meine linke Hand stellt die Gitarre zur Seite, die rechte ergreift Bleistift und Papier. Ich male dünne Striche, die sich verbinden, zu rechteckigen Formen, sie bilden gelegentlich auch Kreise, die sich dann zu Tropfen und Kugeln entwickeln. Doch das Geradlinige überwiegt.

Ich könnte nicht behaupten, dass Geradlinigkeit eine Charaktereigenschaft von mir ist, zumindest hoffe ich es nicht. Liebe das geordnete Chaos. Hasse deutsche Tugenden und doch lebe ich sie, Warte nicht gerne und bin immer pünktlich, aber ich trage zu meinen Sandalen keine Socken. Bin nicht im Schützenverein, hasse generell alle Vereine!

Der Bleistift tanzt über das leere weiße Blatt. Füllt es behutsam mit Linien und weichen, sowie harten Übergängen. Es bilden sich abstrakte Formen, die aus dem Bauch heraus entstehen, ohne Plan, nur mit Gefühl. Mit 19 malte ich so mein erstes Bild. Es ist nicht perfekt, doch für den Anfang wirkt es auf mich nicht schlecht, Perspektiven sind mir noch fremd. Aber in drei bis sechs Jahren werde ich sie anwenden.

Ein guter Freund sagte mal:

„Malen ist eigentlich ganz einfach... „Mal' das, was du siehst!"

Nur ich male nichts ab, ich male aus dem Bauch heraus. Dinge, die ich nicht sehe, Dinge, die es nicht gibt. Ein Überraschungspaket für mich selbst. Fange planlos an und höre auf, bevor es im Chaos endet.

Gebe dem Bild einen Namen und fertig.

Es ist die Zeit, als ich beschließe, meine Haare wachsen zu lassen. Trage ein T-Shirt mit der Aufschrift „Trinker an die Macht".

Wieso ich das trage? Keine Ahnung. Hauptsache die Spießer sind angepisst. Höre Pink Floyd bis zum Abwinken. Will ausbrechen aus dieser Welt, die geprägt ist von Eltern, Verwandten und Nachbarn, die mir einen Stempel aufgedrückt haben. Mein ganzes Leben liegt noch vor mir. Möchte nicht so leben wie die, die mich umgeben. Familienleben ist mir ein Graus. Das Wort... Familie... sägt sich in mein Gehirn und hinterlässt nur Narben. Das Wort... Anstand... löst bei mir Brechreiz aus. „Was sollen die Leute denken", ist ein Satz, der mich dazu verleitet, den Knopf für den finalen Atomschlag zu drücken.

Wir stehen mit dem Auto vor der Dampfwalze, einer Art Diskothek mit etwas härterer Musik, und trinken uns warm. Dort verkehren Rocker und andere zwielichtige Gestalten, sagte man uns. Mit anderen Worten, wir sind noch nie da gewesen. Nüchtern wollen wir den Laden definitiv nicht betreten. Und schick angezogen sind wir auch nicht. Eine Frisur wie Dieter Bohlen mit den passenden Klamotten, würde unserer Gesundheit nicht guttun. Lederjacke ist Pflicht. Meine Jeanshose wirkt noch zu neu, doch das lässt sich jetzt nicht mehr ändern. Vom Auto aus haben wir die Eingangstür im Auge. Öffnet sich die Tür, wird die Nacht noch dunkler, als sie schon ist. Bass und E-Gitarre brummen aus dem Inneren. Ich tippe auf ZZ Top... „Boogie Blues", so würde ich sagen. Der Kumpel kotzt kurz und spontan in den Fußraum. Ich deute es als Zeichen, jetzt rein zu gehen. Es kann nicht schaden, wenn wir etwas nach Übergebenen riechen. Optimale Aktion und gut durchdacht, denke ich mir beim Aussteigen. Wir stolpern

Richtung Eingang. Ich schaue zu meinem Kumpel rüber, auf seine Stiefel. Es gab wohl heute Nudeln mit dunkler Soße. Drei Nudeln kleben noch an seiner rechten Fußverkleidung. Am linken Fuß rutscht gerade eine Nudel abwärts zur Sohle und bleibt dort hängen.

Und was ist mit mir?

Ich sehe einfach nicht abgefuckt genug aus für diesen Laden. Ich müsste mich auch bekotzen, aber ich kann nicht, „zu spät!" Wir stehen an der Tür und er drückt sie auf. Es gibt kein Zurück mehr. Würd' mir nur jetzt schnell einen Dreitagebart wachsen, aber da wächst nix.
Bin 19 und sehe aus wie 16, wie peinlich. Meine Begleitung stößt die Tür auf, sodass ich eintreten kann, ohne sie zu berühren. Ein Sog erfasst uns. Der schlauchförmige Eingangsbereich, den wir in hoher Geschwindigkeit durchschreiten. Wage keine Blicke nach rechts und links. Die Musik ist basshaltig und zieht uns an. Das Licht verschluckt alles mit Haut und Haaren, fühle mich nackt und unbekotzt.

Wir gelangen in den Raum, wo rechts, auf einer Empore, der Discjockey, mit langer Mähne, umgeben von einer Art Mauer, die Platten schwingt. Links zieht sich die Theke, durch die halbe Lokalität. Alles wirkt, wer hätte es anders gedacht, sehr düster. Dunkles Holz und schwarz gestrichene Wände. Gestalten des männlichen Geschlechts, überwiegend mit langen schwarzen Ledermänteln. Zwei von ihnen, haben Hände so groß wie Bratpfannen, und der Körperumfang, in Breite und Höhe, lassen mich zum Hobbit schrumpfen, mit kleinen Füßen. Ich sollte den Blickkontakt meiden. Gäbe es hier einen Kreisverkehr, könnten wir ein paar Runden drehen und unauffällig verschwinden, in Richtung wo wir herkamen. Der Sänger von Led Zeppelin kreischt--- „Immigrant Song"--- . Willkommen in der Hölle!

Mein Kumpel hat die Theke erreicht. Ich folge und klammere mich an das messingartige Geländer, wie extra für mich gemacht. Eine Frau, zehn Nummern zu groß für mich, mit leichtem Lächeln, wohl eher aus Mitleid, fragt ohne ein Wort zu verlieren, nur mit ihrem Blick, was wir denn trinken wollen.

Ich denke --„Bitte einmal Einschläfern"--!

Sage aber was anderes. So was wie: „Ein Bier oder Pils, oder beides, in rauen Mengen", halte mich dabei gut am Messingrundstahl fest. Ein Mann mit Poncho und Italo-Westernhut haucht mir ins Ohr.

Clint: „Na, Kleiner!"

Mein Blut gefriert. Ich schaue in seine Augen. Ein Zigarillo klebt links, in seinem Mundwinkel, an der Lippe fest. Der Teufel würde in seiner Gegenwart auf die Knie fallen und Gott um Vergebung bitten. Doch ich bin weder Gott noch Teufel. Bin für diese Situation zu nüchtern, mit zu vielen Pickeln im Gesicht, einfach grenzenlos überfordert und unbewaffnet. Der Typ erhebt sich vom Barhocker und geht fünf Schritte zurück, im Rückwärtsgang, ohne mich aus den Augen zu verlieren, ohne auch nur einmal, mit der Wimper zu schlagen. Seine Lässigkeit ist erschreckend. Sein Zigarillo bewegt sich kaum beim nächsten Wort.

Clint: „Zieh!"

Er legt seinen Colt frei. An bitte was soll ich ziehen? Ich könnte meine Socken hochziehen. Ich bewege mich einen Schritt auf ihn zu. Mein

Kumpel beobachtet sitzend das anstehende Duell mit einer gewissen Gleichgültigkeit.

Erschreckend, finde ich. Alle hier im Raum scheinen die Situation zu unterschätzen. Ein Rosenverkäufer betritt die Tanzfläche. Ich winke ihn zu mir. Eine spanische Gitarre erklingt. Ich ergreife alle seine Rosen und gehe vier Schritte auf Clint zu.

Ich: „Ich bin nun bewaffnet!"

Sein Zigarillo wandert von links nach rechts und wieder zurück. Meine Hand bestückt mit einem Blumenstrauß, streckt den Arm. Sein Blick unbeeindruckt und doch streckt er seinen Arm, um die Rosen zu nehmen. Doch ich ziehe zurück und hole aus. Mit voller Wucht schlage ich den Strauß auf seinen Kopf mit Hut. Rosenblätter wirbeln durch die Luft, fallen zu Boden und legen sich als Blütenteppich vor seine Füße.

Ich: „Neues Lied, neues Glück!"
Clint: „Du hast einen Plattenwunsch frei. Wähle mit Bedacht!"
Ich: „So soll es sein!"

Wende mich ab. Bevor ich den Musikwunsch äußere, gehe ich zum Kumpel. Die Nudeln an seinen Stiefeln sind inzwischen gelb und hart. Trinke mein Bier auf ex. Gehe zum Discjockey und wünsche mir nichts.

Die Treppe (Teil 28)

Der Krankenwagen und Notarzt treffen gleichzeitig ein. Ich stehe nur im Weg und bringe mich auf Distanz. Meine Älteste ist aufgelöst und weint ohne Ende. Meine Frau wirkt innerlich zerbrochen. Gehe nach draußen und rauche eine Zigarette. Tätige einige Mitteilungen per Handy. Entsetzen bei den Empfängern. Wirke innerlich sehr ruhig. Das macht mir Angst. Die Kleine wird nicht mehr zurückkommen, das weiß ich in diesem Moment.

Heute - Todesengel und Feen

Durch die Wand in die Nacht. Durch die Nacht gegen die Wand. Egal, wie man das Blatt auch wendet, es gibt kein Zurück mehr. Schnappe nach Luft. Der Selbstzerstörungstrieb schlummert in mir. Kein Karneval, kein Schützenfest, kein Garnix... kann mich beglücken. Gott und Götter haben mich verraten. Ein Hund an meiner Seite könnte mich vielleicht erquicken. Ein grüner Frosch, der „Lapaloma" singt, wäre auch eine Möglichkeit. „A Beautiful Day" in Dauerschleife. Ich kotze um die Ecke, quasi 90 Grad. Ich schaffe aber immer nur die 360. Heute bin ich der Bettler und morgen der König, Heute, heute...,und morgen?

Stumme Schreie gleiten aus meinem Gesicht. Wenn es doch keinen Gott mehr gibt, dann gibt es doch mich. Ich bin hier, aber wo ist hier?

„Bäm Bäm"..., übrig ist nur noch Clint. Ein Urgestein aus ferner Zeit. Er steckt mir den Revolver in den Arsch und drückt ab. Die Kugel tritt am Mittelscheitel wieder aus. Frisur ruiniert, Tapete auch. Arschloch-Verlängerung und unnütze Gehirnzellen kleben an der Decke. Perfekter Schuss wie ein Skalpell. Keine wichtigen Organe zwischen Arsch und Hirn getroffen. Ein Meisterschuss. Fühle mich wie neu geboren. Bedanke mich.

Ich: „Bedankt."
Clint: „Keine Ursache."
Ich: „Weißt du, Clint, ich bin mir nicht so sicher, in welche Schublade ich dich stecken soll."

Er schweigt.

Ich: „Glaubst du an Gott?"

Er grinst kaum erkennbar.

Clint: „Ich glaube hier dran."

Er legt seinen Revolver auf den Tisch.

Clint: „Für die Uneinsichtigen. Das viele Reden macht mich müde. Hiermit schaffe ich Klarheit. Manche Menschen sind unbelehrbar. Steck' mich in die Schublade mit den Todesengeln!"

Ich habe noch keine Schublade mit Todesengeln. Habe viele Schubladen und alle sind belegt, mit einem Teil von mir. Mein Atem hält inne. Es klingelt nicht an der Tür und doch bewege ich mich dorthin. Ich öffne und Schneeflocken wirbeln umher. Ich fühle eine Anwesenheit, die sich durch die weißen Schneekristalle in meine

Richtung bewegt, für meine Augen unsichtbar. Doch der Schnee deckt das Haupt, auf ein Meter zehn. Es bleibt kurz vor mir stehen und tritt dann links an mir vorbei, in den Flur. Der Raum wird erfüllt von Wärme. Die Flocken schmelzen, der Umriss schwindet. Ich gleite ins Wohnzimmer, da wo eben noch Clint vorm Kamin saß. Es ist fort. Kerzen brennen und ein gelegentlicher Windhauch verbiegt die Flammen, als würde eine Fee herumwirbeln. Ich kann den Flügelschlag spüren. Etwas berührt meine Schulter und flüstert mir ins Ohr.

„Atme!"
Ich: „Das werde ich!"
„Ich bin's."
Ich: „Ich weiß."

Unsere Hände berühren sich. Ich atme. Ihre Hände sind kleiner als meine, aber größer als früher. Ich atme noch einmal. Unsere Hände lösen sich. Noch einmal verbiegen sich die Flammen der Kerzen. Ein letzter Flügelschlag in Richtung Ausgang.
Hier sitze ich, meine Beine sind müde, kann nicht folgen. Ergreife meine Fußknöchel, um sie anzuheben, doch es geht nicht. Meine Hände sind zu schwach, meine Füße zu schwer.

Der Mond ist 384.400 km entfernt.

Es ist doch nur ein Katzensprung.

Mein Alter beträgt 49 Jahre, es sind Dimensionen, die ich nicht einschätzen kann.

Die Treppe (Teil 29)

Ein Mann trägt meine Jüngste in den Krankenwagen. Ihre leblosen Beine baumeln. Es ist Winter, aber ihre nackten Beinchen können die Kälte nicht mehr spüren. Bin wach und ruhig. Nehme innerlich schon Abschied. Irgendwer fährt uns mit seinem Auto hinter dem Krankenwagen her, Richtung Klinikum. Eine unbekannte Frau, Mutter und Vater sitzen hinten, der Vater bin ich. Man wird versuchen, sie wiederzubeleben. Ich beobachte die digitale Uhr im Cockpit. Die Zahlen verändern sich, aber nicht mein Gefühl. Mir wird bewusst, Zeit ist relativ.

Rammbazammba

Was weiß ich.
2089 nach Christus gibt es nicht mehr, ausgelöscht durch den Rückwärtslichtverschlucker. Na und?

Die Zeit kann mich mal, so wie das Ungewisse und das Gestern. Es gibt nur noch das Heute und unsere Träume.

Lasst uns etwas Chaos anrichten in dieser gut durchstrukturierten Welt.

Man nehme den Normalfaktor und teile ihn durch Null, quasi Zucht und Ordnung, durch drei Promille und siehe da, die Leichtigkeit gewinnt Überhand. So einfach kann die Nichtbeachtung der Regeln sein.

An alle Verbissenen, ob Öko, Christ, Moslem, rechts wie links, wobei ich mehr links. An alle Moralapostel, ist nicht die Toleranz gegenüber dem, was man selbst nicht ist, der Schlüssel zu allen Problemen?

Lasst uns die Intoleranz bekämpfen, mit Spot und Gelächter. Spiegeln wir sie und gründen einen Schützenverein der blinden Toleranten. Jeder Schuss geht garantiert daneben. Clint hält die Luft an.

Ich: „Bleib geschmeidig!"
Clint: „Welch dummes Gerede!"

Ich antworte nicht, mir fehlt was Zeitloses, was ich nicht parat habe.

Clint: „Wir haben nur ein Pferd, du musst zu Fuß gehen. Auf einen Duoritt hab' ich keinen Bock. Ist mir zu schwuchtelig!"

Eine Stimme erklingt und zersägt den Horizont. Nägel fliegen wie Geschosse durch die Luft und die Luft ist dickflüssig.

Ich: „Schon gut Clint, mach' dir mal nicht in die Hosen."

Sein Blick kreuzt kurz meinen. Wir befinden uns hier in der Gegenwart, quasi im Heute. Die Nägel ertrinken.

Clint: „Ich mache mir nie in die Hosen!"
Ich: „Hast ja nur eine an."

Seine Blicke sagen mehr als tausend Worte. Noch so ein blöder Spruch von mir und er schießt mich gleich hier über den Haufen. Es ist halt keine Kuschelbeziehung zwischen uns zweien. Die Stimme, die eben noch den Horizont zersägte, wird ganz sanft. Die Nägel sind nicht weit gekommen. Sie pflastern den Boden. Zu sehen sind nur noch ihre Köpfe, die sich zu einem Teppich aus Metall vereinen.

Ich: „Nimm du das Pferd, ich nehme das Nilpferd!"

Das Vieh ist über vier Meter lang und ist halt auch ein Pferd. Clint ist 87 und eher tot, als dass ein Nilpferd ein Pferd ist, wenn jemand versteht, was ich meine.?

Clint: „Nilpferde sind schlechte Schwimmer. Sie gehen über den Grund."
Ich: „Und sie können bis zu fünf Minuten die Luft anhalten."
Clint: „So wie du?"
Ich: „Reiten wir zu Fluss oder zu Land?"

Er spuckt irgendwas Braunes zwischen seinen Zähnen zu Boden und reitet ohne Kommentar los. Das ist mein Clint Eastwood. Damit das klar ist, der gehört mir. Ich schaue noch nach unten, Richtung Boden, zwischen dem Gras ist aber nicht zu erkennen, was er da ausgespuckt hat. Meine Fersen sagen dem Nilpferd: „Hinterher" und es nimmt Fahrt auf, wie ein Erdbeben auf vier Beinen. Dazu läuft Sufjan Stevens, was doch eher sehr melancholisch ist, was vorne und hinten nicht passt, und doch, es gibt nur eine Wahrheit, und in der befinden wir uns gerade. So wird aus dem Kettensägengesang, Sufjan Stevens. Aus Rammbazammba Ammbammamba.

Clint reitet gemächlich. Ich kann ohne Probleme folgen. Wenn man die Schnauze hält, ist er zu ertragen. Ich weiß, dass er sehr konservativ ist, aber der arme Kerl hat fast 90 Jahre auf dem Buckel. Er ist konservativ hart, aber gerecht.

Leute, mal im Ernst, wo gibt es noch Gerechtigkeit? Sein Hut sitzt perfekt. Kein Kopf hatte je eine bessere Passform, vom Kopf zum Hut.

Was soll ich sagen, mein Hut bleibt am Sattel. Ich kann ihn nicht übertrumpfen.

Clint: „Das erste Dorf."
Ich: „Wovon?"

Er reitet weiter und verliert, wie so oft kein Wort, auf Fragen. Er mit seinem Pferd, reitet ein ins Dorf. Ich folge. Die kurzen Beine meines Gefährts trappeln hinterher. Ich komme mir etwas blöd vor. Das soll ich wohl auch. Clint weiß es, ich weiß es. Das ganze Dorf wird es gleich wissen.

Wir reiten ein, er elegant, ich wie auf einem Nilpferd. Der Staub wirbelt in der Luft. Die Haare sind ausgetrocknet. Eine Frau in meinem Alter, mit Brille, führt ihr Pferd zur Tränke. Perfekt gekleidet ist sie. Lange dunkle Haare, adretter Hut, der eins ist mit dem Gesicht. Mein Atem wird mir bewusst. Die Zeit ist wieder mal relativ. Ich steige vom Nilpferd ab, gehe auf sie zu. Ich weiß nicht wieso, aber ich tue es.

Ich: „Hi,... bist du Elisabeth?"

Sie hält inne für kurze Zeit. Ihr Blick trifft mich. Ihre Arroganz fängt an zu schmelzen, durch meine Frage.

Elisabeth: „Ja!"

Mehr wollte ich gar nicht wissen. Jeder hat nur einen Namen. Wäre sie ein Lottoschein, hätte ich gerade 47 Millionen Euro gewonnen. Sie ist aber kein Lottoschein und dreht sich ab und geht ihren Weg, als wäre es völlig normal, dass Fremde ihren Namen kennen.

Wo gibt es das?... Und genau so ist es. Sie geht von dannen.

Clint hält auch nicht lange inne. Mit den Zügeln gibt er seinem Gaul das Zeichen zum Weitergalopp. Der Staub wirbelt dezent. Die Sonne sticht. Kaputte Gestalten vor den Bretterverschlägen, das sollen wohl die Häuser der Westernstadt sein. Es wirkt alles sehr billig. Es ist nicht so wie aus den Westernfilmen. Selbst die fliegenden Heuballen wirken nicht wie Ruthenisches Salzkraut.

Ich: „Stopp!"

Clint stoppt und dreht sich zu mir, ohne eine Gesichtsfalte zu beanspruchen. Die Luft schmeckt sandig-salzig.

Ich: „Wo sind wir?"
Clint: „In deiner Welt!"
Ich: „Danke, das reicht, lass' uns weiter reiten."

Der Zigarettenstängel wandert zum anderen Mundwinkel und er reitet bedächtig weiter. Es sind nur wenige Baracken, die wir rechts und links von uns liegen lassen. So verlassen wir das schlecht improvisierte Kaff.
Diese Frau Elisabeth geht mir nicht mehr aus dem Kopf.
Elegant, leicht arrogant, anziehend.
Engel mit Kettensägen bewaffnet fliegen wie ein Mückenschwarm um meinen Kopf. Schneiden meine Gefühle in Scheiben. Der Aufschnitt, von jedem etwas, entblättert sich vor meinen Augen.
Eine Träne löst sich und fällt von meiner Wange zu Boden in den Staub.
In ihr, eingehüllt und verschluckt von meiner, eine Träne meiner Frau.
Aus Liebe wurde Routine und Trauer. Aus Zweisamkeit wurde Einsamkeit. Und das Rad der Zeit ist ein harter Richter. Pragmatisch und kaltherzig.
Ein schleichender Prozess, unaufhaltsam wie eine…

Mister Italo-Western-Held. Sein Pferd schwenkt um 180 Grad.

Clint: „Bis zum nächsten Kaff, ist es noch ein Dreitageritt. Bitte streng'
deine Gehirnwindungen an. Ich möchte nicht schon wieder in so ein
jämmerliches Kuhdorf reiten!"
Ich: „Simsalabim, kack' die Wand
an." Clint: „Geht doch."

Natürlich geht das!

Bisschen Musik, bisschen Leberwurst und die Welt tickt nach meinem
Takt.

Clint: „Ich kann Gedanken lesen."
Ich: „Wo ist das Problem? Ein bisschen Leberwurst hat noch nie
jemandem geschadet."
Clint: „Erzähl mir von deiner ältesten Tochter."
Ich: „Sie ist so wie ich."
Clint: „Das reicht mir schon."
Ich: „Du Arsch, es reicht mir gleich auch. Du bist fast 90 und du meinst,
du hättest die Weisheit mit Schubkarren gefressen, …
Hast du?
Hast du schon ein Kind in Asche gebettet?"
Clint: „Wenn es keinen Gott mehr gibt, und jetzt kommt es, dann gibt
es nur mich. Und nur weil Gott sich verpisst hat, bin ich doch nicht der
Rest vom Schützenfest!"
Ich: „Was?... Wenn man nicht überzeugen kann, muss man verwirren."

Die Vegetation ist hier sehr trostlos. Sand und hier und da, vereinzelt
abgestorbene Bäume. Weißes Gestein, was durch den trockenen Boden
bricht und morgen, vielleicht vom Staub wieder verschluckt wird.

Wir gelangen an Steinruinen, Umrisse von Häusern, eine Kirche, die noch fünf Meter über uns hinausragt. Der gemauerte Brunnen ist noch gut zu erkennen. Er liegt zentral. Ich steige von meinem kurzbeinigen Reittier und es bewegt sich etwas unbeholfen zum Brunnen, schaut hinein und fällt zu rechten Seite tot um.

Clint: „Ich dachte, es könnte nicht mehr schlimmer kommen."

Mein Kommentar ist Schweigen. Das Flusspferd ist mausetot. Der Brunnen mit Sand gefüllt.

Ich: „Ist das hier eine Sackgasse, mit tausend Wendemöglichkeiten?"
Clint: „Was weiß ich."
Ich: „Gibt es nur zwei Möglichkeiten, vor und zurück?"
Clint:" Stell' nicht so viele Fragen."

Ein Grauvogel scheißt mir auf den Kopf.

Die Treppe (Teil 30)

Wir sitzen im Warteraum des Klinikums. Der Arzt kommt. Sein Gesichtsausdruck nimmt uns den letzten Funken Hoffnung. Er bringt uns zu ihr. Wir berühren sie ein letztes Mal.

…………………………………….. und mir fehlen die Worte…………………………

Eine Woche später stehen wir hier. Es ist kalt.
Viele Leute sind gekommen.

Die Urne mit ihrer Asche wird behutsam in ein rundes Loch in den Waldboden herabgelassen.

Der Mann am Schalter

Mann am Schalter: „Guten Tag, wie kann ich weiterhelfen?"
Ich: „Wahrscheinlich gar nicht."
Mann am Schalter: „Das hoffe ich doch!"
Ich: „Ich habe diese Stoffmütze, die ich immer bei schlechter Laune anziehe. Darum nenne ich sie die Mupfelmütze, abgeleitet von muffelig."
Mann am Schalter: „Verstehe."
Ich: „Egal was ich tue, ob stimmungsvolle Musik oder irgendeinen anderen Schnickschnack, die Laune wird nicht besser. Die Lage ist ernst. Die Situation ist aussichtslos."
Der Mann am Schalter: „Stimmt, der Nächste bitte."

Der Mann am Schalter, einen Tag später

Der Mann am Schalter: „Guten Tag, sie schon wieder, und wieder mit Mütze."
Ich: „Ja."
Der Mann am Schalter: „Konnte ich ihnen gestern weiterhelfen?"
Ich: „Nein."
Der Mann am Schalter: „Optimal, der Nächste bitte!"

Der Mann am Schalter, einen Tag später

Der Mann am Schalter: „Huhu, wie geht es?"
Ich: „Doofe Frage, hab doch die Mütze an."
Mann am Schalter: „Stimmt."

Ich: „Hätten sie heute etwas mehr Zeit für mich?"
Mann am Schalter: „Wenn es nichts bringt, gerne."
Ich: „Das hoffe ich doch, bin nicht hier für Lösungen."
Mann am Schalter: „Da sind sie hier genau richtig."

Ich: „Inzwischen schlafe ich auch mit dieser Kopfbedeckung, also mit der Mütze."
Mann am Schalter: „Aus meiner Sicht sehr konsequent."
Ich: „Ja, das finde ich auch. Die Mütze ist mein Ein und Alles. Und bevor ich hinter so einem Schalter versauern würde, trage ich lieber meine Mütze auf immer und ewig."
Mann am Schalter: „Bingo."

Ich sage ca. vier Sekunden nichts.

Mann am Schalter: „Der Nächste bitte!"

Der Mann am Schalter, einen Tag später, mit Mütze

Mann am Schalter: „Hallöle, wie ist die Lage?"
Ich: „Gleichbleibend schlecht."
Mann am Schalter: „Hab heute auch eine Mütze auf."

Ich: „Ja, fiel mir direkt auf, und?"

Mann am Schalter: „Kann ich nur weiterempfehlen."

Ich: „Schlechte Laune?"

Mann am Schalter: „Klar, sieht man doch."

Ich: „Was war zuerst da, die Mütze oder die schlechte Laune?"

Mann am Schalter: „Beides gleichzeitig."

Ich: „Bei mir es erst die schlechte Laune. Wollte es nur noch mal mit der Mütze offenlegen, für Jedermann. Verdeutlichen quasi."

Mann am Schalter: „Logisch."

Ich: „Bei ihnen scheint das Timing ja optimal zu sein?"

Mann am Schalter: „Quasi, so ein Art Gleichschaltung, mit den änden, die im richtigen Augenblick auf meinen Gefühlszustand reagieren."

Ich: „Optimal, kann ich sonst noch was für Sie tun?"

Mann am Schalter: „Im Moment nicht."

Ich: „Der Nächste bitte!"

Der Mann am Schalter steht auf und macht Platz für seinen Kollegen, der noch unbemützt ist. Hat er etwa gute Laune oder keine Mütze? Ich begrüße ihn schlecht gelaunt mit einer untypischen Wortwahl unter Beamten, die jedoch unter Handwerkern gang und gäbe ist. Ich wähle die zurückhaltende Variante.

Ich: „So du Scheißwichser, wo ist das Problem?"

Der neue Mann am Schalter: „Ich verstehe nicht ganz?"

Ich: „Das denke ich mir auch. Wo ist deine Scheißmütze?"

Der neue Mann am Schalter: „Mütze?"

Ich: „Der Nächste bitte."

(Nur so zur Verdeutlichung der momentanen Lage. Es spielt alles in der Gegenwart. Der Tod meiner Tochter liegt schon drei Jahre zurück und ich stehe mit der Mupfelmütze vor dem Schalter.)

Ich: „Wie ist das werte Befinden?"

Der nächste Kollege hat schon Platz genommen. Er sieht aus wie Gott.

Neuer Mann am Schalter, vielleicht Gott: „Der Nächste bitte."

Die Treppe (Teil 31)

Es ist ein sonniger Tag Anfang Februar. Der Haustürschlüssel klemmt wie immer. Ein leichter Druck, von außen gegen die Eichentür reicht. Wir treten ein, Freunde und Nachbarn betreten unser Haus. Ich gehe durch den Flur in Richtung Wohnzimmer. Nehme nur die ersten vier bis fünf Stufen der rechts von mir liegenden Treppe wahr. Kehre ihr den Rücken zu und durchschreite das Wohnzimmer, um es durch die Terrassentür direkt wieder zu verlassen. Die Luft ist kalt, aber erfrischend. Wir lassen Ballons steigen, alle auf einmal, mit Grüßen an meine Tochter und hoffen, dass sie sie da oben lesen wird. ......

Im Moment der Stille, ziehe ich mich zurück. Will diese Treppe hinauf gehen, was ich auch tue. Betrete ihr Zimmer, und da ist nichts mehr..., nur Erinnerungen.

Meine Augen sehen nichts.

Meine Gefühle sehen alles.

Schalter 1

Eine Drehtür gibt Einlass. Der helle Marmorboden gibt den Kontrast zu der dunklen Holzverkleidung an der Wand.

Schalter eins befindet sich zehn Meter gegenüber dem Eingang. Es gibt nur einen Schalter und der heißt eins. Ich stelle mich an. Es sind noch fünf Leute vor mir, so hab' ich noch Zeit für ein Gedankenspiel. Doch meine Gedanken stehen still. Monotonie hat sich in meinem Kopf breit gemacht. Bin hier, um auf meine Fragen einige Antworten zu bekommen. Doch die sitzenden Beamten sind darauf getrimmt, so gut wie es geht nicht weiter zu helfen. So liegt es an mir, ihre Passivität zu durchbrechen. Noch drei Gestalten sind vor mir. Ich bin der Vierte. Drehe mich um, unauffällig, als wolle ich nur zufällig nach hinten schauen. Der hinter mir sieht aus wie ich, der vor mir auch. Mein Blick macht 'ne Runde und ich stelle fest, alle sehen so aus wie ich.
Bin nun an dritter Stelle. Alle vor mir werden schnell abgefertigt.
Gleich bin ich an der Reihe. Ich hole tief Luft.

Mann am Schalter: „Guten Morgen, was kann ich für Sie
tun?" Ich: „Ich denke, ich war und bin heute noch öfter hier."
Mann am Schalter: „In der Tat, sie sind lästig und hartnäckig."
Ich: „Ich bin auf der Suche nach Gott."
Mann am Schalter: „Der hat heute keinen Dienst. Der Nächste b… ."
Ich: „Ich bin noch nicht fertig. Es gibt noch einige Leute, die ich vermisse. Z.B. Ihr Kollege mit der Mütze oder einen blonden Mann namens Albert."

Mann am Schalter: „Vielleicht vermissen Sie sich auch noch selbst? Schauen Sie sich doch um, es wimmelt nur so von Ihnen, selbst die Drehtür wird schon von Ihnen blockiert."

Ich: „Dann sagen Sie mir doch bitte, welcher von denen ich bin?"

Mann am Schalter: „Das kommt auf den Blickwinkel an. Vielleicht alle oder niemand."

Ich: „Aus meinem Blickwinkel sind mir bis auf Sie alle äußerst fremd. Ich erkenne mich nirgends."

Mann am Schalter: „Tja, da sind sie hier heute nicht der Einzige. Ihre ganze Sippschaft ist auf der Suche nach Ihnen, oder sind sie es nicht?"

Ich: „Was für eine Frage."

Mann am Schalter: „Ich habe eine Idee. Sie klettern zu mir rüber, setzen sich hier auf meinen Stuhl und fertigen sich selber ab, einer nach dem anderen."

Ich: „Genau das machen wir."

Ich schiebe mich durch den schmalen Spalt. Meine Beine baumeln noch im Warteraum. Meine Hände ziehen mich hinein. Als ich wieder Boden unter den Füßen habe, ist der Kollege schon verschwunden. Rasch setze ich mich hin und mit einer kurzen Handbewegung signalisiere ich dem nächsten Ich, dass es an der Reihe ist.

Ich 1: „Kennen wir uns?"

Ich selbst: „Mit Sicherheit, wie kann ich Ihnen helfen?"

Wieso sieze ich mich?

Wieso schmeckt Speck nach Schwein?

Ich 1: „Wieso siezt du mich?"

Ich selbst: „Ich habe halt Respekt vor mir selbst."

Ein Moment des Schweigens ergreift uns. Meine Gedanken schweifen kurz ab, seine anscheinend auch. Kleine Gedankenblitze, die sich sehr intellektuell anfühlen, durchkreuzen mein Gehirn. Formen sich zu was Großem, um dann doch, kurz vor dem Finale, zu Brei zu zerbröseln. Der Ansatz stimmte, der Rest war wie immer Schrott.
Meine Gehirnzellen tanzen Flummitango.

Ich selbst: „So komm' zur Sache!"

Mein Kugelschreiber wandert vom rechten zum linken Mundwinkel. Leichte Gedankenblitze durchbrechen meine Schädeldecke. Ich 1, redet und ich selbst bin in meiner Gedankenwelt versunken. Seine Lippen bewegen sich. Das ist das einzige, was ich von ihm wahrnehme. Bewegung, aber keine Geräusche. Versuche die Blitze einzufangen und zu ordnen, so wie Einstein damals seine Relativitätstheorie. Meine eigene Lebensformel schwirrt mir vor Augen, aber ich kann sie nicht entschlüsseln. Eins und eins sind niemals zwei.
Und so überschlagen sich meine Gedanken.
Eine Kinderstimme summt dazu.

Ich 1: „Ist nicht Toleranz der Schlüssel und die Intoleranz der Glaubensformen unsere Fessel?"

Der Mann mit der Kettensäge, in schwarz gekleidet, durchtrennt gefühllos Raum und Zeit.

Ich selbst: „Mag sein. Hast du eine feste Freundin?"

117

Die Sekunden fallen losgelöst von den Minuten zu Boden.

Ich 1: „Nein!"

Die Stunden schmelzen in sich zusammen, zu Kartoffelbrei und Pommes ohne Majo.

Ich selbst: „Willst du eine Kontaktanzeige bei mir aufgeben?"

Was ich will?

Der schwarze Mann mit Kettensäge stolpert.

Ich 1: „Ja was Tiefsinniges."
Ich selbst: „Was gerade gut läuft ist... XXL Schwanz sucht Bläserin."

Wie so oft ein Moment der Stille. Unsere Gedanken kreuzen sich, machen kurz Shake Hands. Der Schwarze Mann fällt in seine eigene Kettensäge. So fräst sie sich sanft ins Fleisch und durchtrennt dann seine Rippen. Der Klang der Kette wirkt gedämpft. Wie durch einen Schalldämpfer. Das Blut quillt ihm aus Mund und Ohren, und seine Hände halten fest, beide Knöpfe gedrückt. Vorne Knopf, hinten Hebel.

Ich 1: „O.k., nehme ich."

Die Treppe (Teil 32)

Stille, Ruhe. Zeitlos. Die Musik schlägt um. Ein Cello spielt D-Moll immerfort. Der Schnee verschluckt die Geräusche. Die Zeit hält

Winterschlaf und verschluckt den Sommer gleich mit. Selbst Einstein könnte diese zeitlose Zeit nicht erklären. Die Wissenschaft stößt an ihre Grenzen.

Nur ich begreife das Leben.

Ein Vogel, den ich nicht sehe, unterhält sich mit einem anderen Vogel, ebenfalls unsichtbar.

Der Faden

Ist er blau? Er könnte auch rot sein. Meine Lieblingsfarbe ist dunkel Rot. Sie beinhaltet alles. Blut und erotischen Lippenstift. Die Periode und rote Rosen.

Früher dachte ich, sie wäre blau und meine Lieblingszahl wäre acht. Wieso braucht man eine Lieblingszahl? Wenn ich male, ziehe ich rot vor. Zahlen sind kalt, eckig, ohne Gefühl. Lasst uns die Zahlen zerschlagen, sie engen uns nur ein, berauben uns unserer Freiheit.
Lasst uns Farben leben. Der Faden, den wir verloren haben, besteht nicht aus Zahlen, er besteht aus Farben.
Unser ganzes Leben, was so bunt sein könnte, wird von Zahlen zerdrückt.

Und der Faden, den ich verloren habe,… er liegt vor euch.

Steter Tropfen höhlt den Stein.

Die Dampfwalze.

Engel brüllen leise.

2089 nach Christus sind alle Dinge, die mich auf immer begleiten werden. Aber das Hier und Jetzt, was so oft vergessen wird, was nicht so wichtig ist, wird von Zahlen zermürbt.

Wo sind die ganzen Zeitreisenden?

Batman, Gott, Tarantino, Albert und nicht zu vergessen… Clint.

Zeitlose, die mit Zahlen in meiner Welt nicht mehr existieren würden. Meine Phantasie spielt hier nach meinen Töchtern die Hauptrolle.

Lasst uns Farbe bekennen, keine Zahlen.

Es wird Zeit für den Hauptdarsteller.

Ich stelle ihn euch vor. Nein, ich bin nicht gemeint. Schaut eine Zeile tiefer.

Der Hauptdarsteller: „Tach!"

Eine Schnecke fällt vom Baum.
Ein Vogel guckt erstaunt.

Ich: „Da biste ja."
Der Hauptdarsteller: „So ist es."

Die Schnecke hat überlebt.
Der Vogel ist nicht überrascht.

Ich: „Kannst du dich kurz vorstellen?"
Der Hauptdarsteller: „Klar, wie immer präzise und messerscharf. Ich bin das, was vielen von euch fehlt."

Die Schnecke übergibt sich.
Der Vogel stellt sich tot und fällt vom Ast.

Ich: „O.k., geht es 'was präziser?"
Der Hauptdarsteller: „Bin der Rambo unter den Schwarzeneggers. Das Non plus Ultra."

Die Schnecke kotzt nochmal.

Der Vogel atmet nicht mehr.

Ich: „Ja, ja, schon gut, wir haben verstanden."

Mein Gott, was für ein Arschloch. Nun ja, ist halt der Hauptdarsteller,

Der Hauptdarsteller: „Ich bin nicht nur schlau, ich sehe auch noch verdammt gut aus."

Die Schnecke isst ihr Erbrochenes.
Der Vogel beschließt, nie mehr zu atmen.

Ich: „Halt doch einfach mal die Fresse."

Bin kurz davor, mich zu übergeben.

Der Hauptdarsteller: „Wieso?"
Ich: „Weil du es nicht kannst."
Der Hauptdarsteller: „Es gibt nichts, was ich nicht kann."

Die Schnecke kotzt das Erbrochene wieder aus.
Der Vogel ist froh, dass er tot ist.

Ich: „Ääääää.......Fresse halten z.B."
Der Hauptdarsteller: „Beherrsche ich perfekt."

Ich: „..........."

Ich schweige.

Der Hauptdarsteller: „Fresse halten ist meine Königsdisziplin."
Ich: „..........."
Der Hauptdarsteller: „Damit hättest du nicht gerechnet?"

Die Schnecke ist an Überkotzung gestorben.

Der Vogel ist erstickt an seiner Sturheit.

Ein Fischstäbchen startet eine Revolution.

Ich zücke meine Pumpgun und niete den Hauptdarsteller um,
„BOOM."

Sein Gesicht sieht sehr matschig aus. Seine Zunge wedelt noch leicht zwischen den nicht mehr vorhandenen Lippen. Er bringt keine verständlichen Sätze mehr über seine Lippen, ääää, ich meine Zähne. Er sackt wie ein weicher Küttel in sich zusammen. Das Selbstbewusstsein hatte nur einen kurzen Auftritt und das auch noch als Hauptdarsteller. So 'was Unsympathisches ist mir aber auch noch nie über den Weg gelaufen.
Ekelhaft!

Scheiße, Faden verloren. Der Hauptdarsteller liegt vor mir und sieht nicht mehr gut aus und ob er schlau war oder ist, ist jetzt unwichtig.

Die Treppe (Teil 33)

Der Arzt schreibt mich erstmal krank. Bin nicht in der Lage, meine Gedanken für die Arbeit herzugeben. Das Haus ist voller Erinnerungen. Ihre kleinen Winterstiefel stehen noch draußen vor der Terrassentür. Meine Frau stellt sie weg, ich stelle sie wieder hin. Meine Frau sucht Ablenkung, ich suche die Stille. Sie findet das Verdrängen, ich die Trauer. Meine Tränen sind leise, ihre laut.
So versucht jeder auf seine Art, mit der Situation klar zu kommen.

Keine Wendemöglichkeit

Das Selbstbewusstsein hab' ich erschossen. Den Faden wickle ich gerade behutsam auf. Regentropfen fallen, die sich zu Eiskristallen bilden und der Wind wirbelt sie umher, wodurch ihr Aufprall verzögert wird. Mein Aufprall war oft und hart. Ich war auch ein Regentropfen, der aber ungehindert aufprallte, mit voller Wucht.

Schluss mit dem Selbstmitleid. Presslufthammerbeat dröhnt, extrem basslastig, durch die Gehörgänge. Das Gehirn wird weichgeklopft, schrumpft in sich zusammen.
Brauchen wir das?
Ja,... wir wollen es!
Einmal tief Luft holen und sich umschauen.
Wo sind sie, meine Helden?

Es gibt sie nicht mehr. Stehe hier ganz alleine mit dem Wollknäuel. Presslufthammerbeat wird durchkreuzt vom Gitarren-Sound, leichter Becken-Swing vom Schlagzeug. Eine sanfte Frauenstimme lässt den Hammerbeat schmelzen. Ein leichtes Grinsen durchstreift mein Gesicht.

„Guten Tag." höre ich eine Stimme sagen.
„Ich bin's, das Ungewisse!"
Ich: „Hi, und ich bin der Mann mit dem Wollknäuel!"
Das Ungewisse: „Fraglich, ob du mich verstehst?"
Ich: „Fraglich ob ich dich brauche?"
Das Ungewisse: „Mich braucht keiner, so wie Alkohol und Zigaretten."
Ich: „Du hast den Kaffee vergessen."
Das Ungewisse: „Eine Währung, die immer zählt, Zigaretten, Alkohol und Kaffee."

Ich: „Brauche ich dich?"
Das Ungewisse: „Nein,....aber du willst mich!"

Meine Finger, die hier die Tasten tippen, (und doch mach ich es nur mit dem Mittelfinger) sind langsam und vorsichtig geworden.
Meine Tochter meint… „Schreib' mit zwei Fingern…", dann geht es schneller.
So schnell kann ich gar nicht denken.
Wo kommen wir denn da hin, wenn meine Finger die Gedanken überholen?

Ich: „Hör' mal, du Kackwurst, hier in diesem Buch wird man nicht alt. Selbst der Hauptdarsteller kam spät und ging früh!"
Das Ungewisse: „Ich bin nur eine Stimme, wie willst du mich beseitigen?"
Ich: „In der Sackgasse ohne Wendemöglichkeit."

Das Ungewisse: „Verstehe ich nicht."

Ich: „War mir klar."

Etwas Ruhe kehrt ein. Er antwortet nicht. Ein Grinsen berührt meine Lippen. Das Bier lasse ich sein, eine Zigarette reicht. Bin kompromissbereit. Kaffee interessiert mich nicht. Möchte mich nicht in Sicherheit wiegen. Möchte ihn auch nicht als Verlierer dastehen lassen. Er schweigt immer noch.

Geht der Punkt an mich oder was?

Zwischen-Stopp

Heute ist der 17. April 2018. Die Haare sind wieder relativ lang. Meine Brille wird nur noch von Sekundenkleber zusammengehalten. Die Kunststoffgläser sind zerkratzt. Also kann man sagen, es läuft alles nach Plan. Fühle mich nicht angepasst. Und mein Ziel ist, kein Ziel zu haben, ohne Navi, der Nase nach.

Es wird Zeit, sich zu bewaffnen mit Übermut. Weil unser Mut ist wie eine defekte Wasserpistole.

Wir satteln unsere Pferde. Clints Gaul ist braun und er sagt noch:

„Ein Leben reicht nicht, um schlau zu sterben."

Ich: „Dann lass' uns dumm sterben und beim nächsten Leben drauf hoffen, dass wir nicht zu schlau sind. Wäre doch langweilig."

Clint: „Komm, wir nehmen alle mit."

Ich: „Haben wir so viele Pferde?"

Clint: „So in der Art."

Der Winter liegt hinter uns und die Sonne brennt Röte in unsere Gesichter. Androido ist der Erste, der sich aus der Zukunft uns anschließt, mit einem Esel, passend zu seiner Größe. Der Esel aus Fleisch und Blut, Androido ganz mechanisch und synthetisch, mit etwas zu großem Kopf. Ein Auslaufmodel, ganz in weiß gehalten. Für die Gegenwart eine Revolution, für das Jahr 2089 total veraltet. Sein Fachgebiet ist das Bewässern der Blumen und nach dem Update auch Gemüse.

Sein Übermut ist die Gießkanne. Ich ergreife seine weiße Schulter, eine Mischung aus Plastik und Carbon.

Ich: „Alles klar, alter Freund?"
Androido: „Die Blumen und das Gemüse sind gegossen, wir können los."
Ich: „Dann machen wir das!"

Als Nächster reiht sich Gott ein, auf einem Huhn, das bei der Größe Eier legen muss so groß wie Fußbälle.

Ich: „Hi."
Gott: „Tach."
Ich: „Deine eigene Eiermaschine unter dem Arsch?"
Gott: „So ist es. Bist du bereit?"
Ich: „Aber immer."

Sein Übermut bin ich.

Ich: „Lange nicht mehr gesehen?"
Gott: „Ich bin vom Dunklen verschluckt worden. Ich hoffen du hast nichts damit zu tun?"
Ich: „Da bin ich mir nicht so sicher, aber wieso bist du dann hier?"

Gott: „Mein Freund, unterschätze mich nicht, auch wenn du nicht an mich glaubst!"

Ich: „Ich glaube an mich und freue mich trotzdem, dass du heute hier bist um mich zu begleiten."

Gott: „So soll es sein."

Gott kotzt einen Frosch aus. Mein Blick folgt seinem Gehüpfe. Doch weit kommt er nicht. Sein schleimiges Grün färbt sich schwarz. Meine Gedanken können diesen Akt nicht einordnen, wie so viele Dinge. Ausder festen Froschmasse wird ein schwarzer Ölfleck.

Und schwuppdiwupp hat sich Batman unauffällig Clint an die Fersen gesetzt.

Clint: „Hab' da ein Geschwür am Arsch."

Ich: „Für irgendwas muss er ja gut sein."

Androido: : „Kann er mit der Gießkanne umgehen?"

Gott: „Nur weil er so aussieht?"

Batman: „Ihr werdet mich brauchen, aber nicht zum Blumengießen!"

Sein Übermut ist der Übermut und er reitet auf einem Gummihüpfball.

Wer trampt da, umschwirrt von Gedanken, sitzend, auf einem Vogel?

Die Gedanken: „Hi, nehmt mich mit, ich bin's, das Wirrwarr in Euren Köpfen."

Clint: „Kann dein Vogel auch laufen?"

Die Gedanken: „Kann er."

Ich: „Gut, komm mit!"

Clint: „Jetzt wird es kompliziert."

Androido:„Alles berechenbar."

Gott: „Das bezweifle ich."

Ich: „Das sagst du, Batman, bevor das deutsche Gewissen dazu kommt?"

Batman: „Noch können wir frei reden und sagen, was wir denken."

Androido: „Dünnes Eis."

Das deutsche Gewissen lässt nicht lange auf sich warten. Es hat Sandalen an und trägt Socken dazu, die farblich eine Zumutung sind. Die Beine sind kreidebleich. Eine blaue kurze Hose mit beschissenem Schnitt. Das grüne Hemd mit gelben Querstreifen verschwindet nicht in der Hose, aber das macht die Sache auch nicht besser. Das, was da am Wegesrand steht, ist optisch eine Katastrophe. Seine linke Hand hält das Rad, die rechte das Fernglas, womit er uns wohl schon seit geraumer Zeit beobachtet hat.

Androido: „Was ist das?"

Clint: „Das deutsche Gewissen."

Batman: „Braucht man das?"

Ich:„Wir haben keine Wahl, wir müssen."

Gott: „Wir werden sehen."

Das deutsche Gewissen: „Da bin ich!"

Ich: „Phantastisch."

Clint: „Schwing dich auf dein Rad und halt die Fresse!"

Eine präzise Ansage und der Furz, den ich gerade loslassen wollte, implodiert in mir.

Das deutsche Gewissen: „Kennen wir uns?"

Clint lässt seine Frage lässig im Raum stehen, unbeantwortet, ohne eine Miene zu verziehen. Er reitet einen Bogen ums Gewissen, haucht den Qualm seines Zigarillos beim Ende der Runde in sein Gesicht und auch dies, ohne ein Wort zu verlieren.

Das deutsche Gewissen: „Unterschätze mich nicht, mein Freund!"

Sagt er in Richtung Clint.
Ich rülpse. Es riecht nicht nach Rülps, sondern nach Furz.

Clint: „Weder du noch ich haben Freunde, was in diesem Fall dein Nachteil ist."
Das deutsche Gewissen: „Muss ich das verstehen?"

Mir wird es etwas komisch. Der Schmetterling vor meiner Nase hat gerade seine Flügel abgesondert und der Rumpf fällt leblos zu Boden.

Clint: „Du musst gar nix."

Clints Hand streift nur kurz über seinen Colt.

Ich: „Ja hopp hopp, oder noch ein Mettbrötchen?"

Keine Reaktion, auch gut. Die Lage beruhigt sich und sowas wie Gewissen kennen die Amerikaner eh nicht. Und wenn die Amis eins haben, dann ist es Clint Eastwood.

Clint: „So viele Arschlöcher und nur so wenige Kugeln."

Den Kommentar lassen wir mal so im Raum stehen. Mir ist gerade sehr übel. Bin kein Politiker, obwohl die Sonne sich in unser Hirn peitscht und die Zellen röstet. Klare Gedanken fallen so nicht vom Himmel, also optimale Voraussetzungen für politisches Gedankengut.

Wir zählen nun, mit mir sechs Mann.

Androido: „Frauenquote?"

Ich: „Ja….wie jetzt?... also… ne, wah?"

Androido: „Verstehe die Antwort nicht?"

Ich: „Ja, ich auch nicht."

Das deutsche Gewissen: „Da müssen wir eine Lösung finden!"

Ich: „Ja klar, ich schreib' die ganze Geschichte um, fange wieder bei Null an."

Gott: „Was sind das für zwei?"

Clint: „Alles und Nichts."

Ich: „Wir nennen sie Erika und Frieda, für die Frauenquote."

Batman: „Erika ist Alles und Frieda ist Nichts?"

Ich: „Oder andersrum, egal."

Das deutsche Gewissen: „Egal geht schon mal gar nicht!"

Clint: „Stimmt. Eine meiner Kugeln hat eine Markierung und sie gehört dir!"

Erika und Frieda sitzen am Straßenrand in zwei Klappstühlen, der Zustand der zwei ist nicht wirklich einzuschätzen. Alles, also Erika, hält mit seinen Händen krampfhaft eine Sound-Monster-Maschine fest. Die tiefen Basstöne lassen seine Füße immer tiefer in den Sand stampfen. Der Boden bebt. Frieda hat Kopfhörer an, doch der Stecker hängt frei, ohne Anschluss, an seiner Hose herunter. Wie sollte es auch sonst sein? Die Situation ist perfekt, denke ich mir. Jeder meiner Begleiter weiß nun, wer Alles und wer Nichts sind. Und Zeit bleibt nicht stehen, aber eine Zeitlupensequenz setzt ein.

Erika gibt Gas und Frieda will Stillstand. Alles um mich herum bewegt sich bedächtig und alle reden lang gezogene Wörter.

Batman: „Waaaaaaaassss beeeeweeeeeegssst dduuuuu dichchchchchch soooooo schschnnnelllll????"

Er meint mich. Ich sage nichts. Will nicht, dass meine Stimme klingt wie eine schnell redende Frau, bei der sich Buchstaben ineinanderschieben.

Wo aus Salat alat wird.

Aus Speckwurst eckurst.

Aus, wasche deine vollgeschissenen Unterhosen doch selbst, asch d o schiss unsen och elb.

Und wie aus, ich habe vollstes Verständnis, ich flippe gleich aus wird.

Nein, das wollen wir nicht. Schon gar nicht Clint. Vielleicht das deutsche Gewissen?
Ich spreche zu Batman und rede bewusst langsam.

Ich: „Wiiir haaaaabennn hiiiir einnnnn Zeieieit Proooooooobleeeeeeem, hasssssst duuuuuu waaaaaas passssssssendesss mittttt?"
Batman: „Nöööö,,,,,,, Wahhhhhhheitsssssverrrrrrdreeeeeher?"

Der Rülpser, der nach Furz riecht, wird sichtbar. Das, was ich da sehe, will keiner riechen.

Gott: „DAS BRAUCHEN WIR NICHT, ICH BIN ZEITLOS, VERTRAUT MIR!"

Gott bietet Alles und Nichts die Hand. Sie ergreifen sie, wie selbstverständlich.
Clint bringt ihr Fortbewegungsmittel.

Eine Seifenblase. Erika und Frieda in der Seifenblase, gebracht von Clint, dem alten Melancholiker. Wer hätte das gedacht?

Und wir ziehen weiter bis zur Kreuzung und ein Mercury Cougar xR-7 in schwarz kommt von rechts, verfolgt von einer Staubwolke. Vollbremsung und wer steigt aus?

Mr. Tarantino.

Quentin Tarantino: „Es wurde auch Zeit, dass ich dazustoße. Wie soll es denn jetzt weitergehen?
Haben wir hier eine Endlosschleife? Als nächstes kommen Rotkäppchen und der böse Wolf hinzu?
Und wer hätte es gedacht, die sieben Geißlein auch noch. Ach nee, Frau Holle. Mit Ihnen hätte ich ja jetzt nicht gerechnet. Doch, hätte ich, liegt doch auf der Hand. Rapunzel scheiß' die Wand an. Hänsel fickt Gretel, heißt das Motto.

Hört auf zu träumen, von bunten Luftballons und rosa Wolken. Wir sind Menschen, die kacken und vögeln wollen. Bemerke den Unterschied,… müssen und wollen. Wir wollen Frieden und doch müssen wir Blut vergießen. Liebe deinen Nächsten und erschlage das Böse z. B. den, der deine Frau gevögelt hat. Erschlage doch gleich beide, zumindest einen von beiden. Das ist das wahre Leben."
Clint: „Dem ist nichts hinzuzufügen."

Clint zückt den Revolver und zielt auf das deutsche Gewissen.

Das deutsche Gewissen: „Ääää, wie jetzt?"

Waren seine letzten Worte. Bumm, zwischen den Augen ein Loch. Am Hinterkopf spritzt Blut mit Gelatine, ohne Haare, sie stehen nun 90 Grad vom Kopf weg.

Ich: „Und nun?"

Ein Banjo erklingt. Die Musik ist für den tödlichen Anlass sehr erquickend. Eine Unsicherheit ergreift mich. Mein Grinsen wird verschluckt von meinem schlechten Gewissen. Ich strecke meine Hand und greife ins Ungewisse. Das deutsche Gewissen ist auch mit einem tödlichen Kopfschuss nicht zu beseitigen. Die Schuld trägt so tief und ich war doch gar nicht dabei. Meine Mutter und mein Vater waren nur Kinder. Und ich bin jetzt erwachsen und fühle mich schuldig, für etwas was passiert ist, als ich noch nicht mal Sperma war.
Kann Sperma Böses tun?
Kann Sperma meine Wunden kleben?
Darf ich so wie Gott einen Frosch auskotzen?
Darf ich frei sein?
Ihr Mücken des Nichts, ergreift die Flucht und verendet.

Androido: „Da waren es nur noch acht!"
Alles: „Jetzt kannst du wieder Vollgas geben und die Endlösung naht."
Nichts: „Genau, und darfst Adolf spielen und übrig bleibt nichts."
Ich: „Adolf, ich? So ein Scheiß-Schnäuzer steht mir nicht!"
Androido: „Was ist Nichts?"
Gott: „Du brauchst kein deutsches Gewissen, es gibt nur ein Gewissen."
Die Gedanken: „Bin verwirrt."

Clint zeigt in Richtung Süden. Sein Pferd wirkt unruhig, die Vorderhufe heben sich abwechselnd, der Arsch schwenkt nach rechts. Clint hält mit den Zügeln dagegen. Batman dreht sich mit dem Gummihüpfball in

Position, in Richtung Norden. Um es kurz zu fassen, wir drehen uns alle in Richtung Norden und schauen, alle außer mir.

Denn ich spüre, was sie sehen. Es läuft mir eiskalt den Rücken runter. Bekomme Gänsehaut.

„Time" von Hans Zimmer lässt den Boden vibrieren. Die Sonne brennt bei 35 Grad und die ersten Hagelkörner schlagen um uns in den trockenen Boden. Die Einschläge hinterlassen viele kleine Staubwolken.

Es fällt hartes Wasser vom Himmel und doch staubt es.

Die Eisklumpen fallen immer langsamer, der Staub schwebt in der Luft. Clints Pferd dreht nicht mehr nach rechts. Alle acht Begleiter, bis auf Gott und mich, sind zwei weniger. Und so weiter.

Gott: „Die Zeit ist relativ, sie steht jetzt still und das liegt nicht an mir. Schau hin."

Der Wind weht seine langen schwarzen Haare Richtung Süden und ich schaue Richtung Norden.

Und da steht sie, ein kleines Mädchen, mit blonden Haaren, 288 Meter von uns entfernt. Ihren Gesichtsausdruck kann ich nicht erkennen. Ob sie lacht oder weint oder einfach nur schaut. Dafür ist sie zu weit entfernt. Sie streckt ihre Arme aus, und in dem Moment zerplatzen alle Eiskugeln zu Wassertropfen und das in Zeitlupe. Ein Cello erklingt in G major. O2 wirbelt um uns herum.

Het is verdomd nat (es ist verdammt nass), würde der Holländer sagen.

Aus der Starre fangen meine Begleiter an, sich langsam zu bewegen. Aber sehr lannnnngsaaammmm. Die Gedanken auf dem Vogel, fangen als erstes an zu reden.

Die Gedanken: „Hääää?"

Wasser perlt von meinen Wangen. Das feuchte Nass fühlt sich gut an, in dieser prallen brennenden Sonne. Erfrischend halt. Die Zeit schreitet fort und alle Bewegungen der Anderen normalisieren sich.
Quentin wischt sich mit seiner feuchten Hand durchs Gesicht. Er steht zwei Meter von seinem Mercury Cougar entfernt, wo sich Staub mit Wasser vermischt hat und viele Rinnsale am heißen Blech nach unten laufen. Die Autohülle dampft.

Tarantino: „Geile Slowmotion."

Contrabass setzt ein, eine Stimme von Tom Waits zersägt sanft mein Hirn in dünne Scheiben ---Potters Field---.

Der Wind legt sich. Die Sonne brennt weiter. Nichts Hartes oder Weiches fällt noch vom Himmel. Der Boden ist feucht.
Ich schaue wieder Richtung Norden. Das Mädchen ist verschwunden. Dort, wo sie stand, steht jetzt ein Würfel. 2,5 Meter hoch, 2,5 Meter breit und 2,5 Meter tief. Ein Würfel halt. Vorne eine Glasscheibe mit Öffnung. Ich bewege mich zu Fuß dorthin. Ziehe mein Pferd an den Zügeln hinterher. Der Boden ist klebrig und rutschig. Meine sieben Begleiter begleiten mich dorthin.
Hinter der Glasscheibe mit Öffnung sitzt ein Mann am Schalter.

Der Mann am Schalter: „Guten Tag mein Herr, da sind Sie ja endlich."

Die anderen stehen in Hörweite und hören mit.

Ich: „Ja, was gibt es denn Wichtiges?"
Der Mann am Schalter: „Ihr Anzeige--- XL Schwanz sucht Bläserin---- ist eingeschlagen wie eine Bombe."

Die Treppe (Teil 34)

Dreieinhalb Jahre ist es jetzt her. Lebe seit einem Jahr von meiner Frau getrennt. Sehe meine älteste alle 14 Tage und zwischen durchhier und da. Habe eine neue Frau kennen gelernt, die noch verrückter ist als ich. Die mich morgens um drei Uhr weckt und sich ungeliebt fühlt.

Kann man im Schlaf lieben?
Was kann ich euch jetzt also für Weisheiten zum Leben erzählen?
Dann lest doch einfach--- Siddhartha---- von Hermann Hesse. Das beantwortet alle Fragen. Und wenn ihr da keinen Bock drauf habt, setzt euch ans Ufer eines Flusses und beobachtet das Wasser, so lange wie es vonnöten ist, bis ihr begreift.

Der zweite Zwischen-Stopp

Dumme Gesichter, auch Quentin grinst.

Tarantino: „ XL Schwanz sucht!?"

Ich: „Ich wollte was mit Anspruch."

Tarantino: „Das ist dir wohl gelungen."

Androido: „Wofür steht XL?"

Alles: „Es gibt auch XXXL."

Nichts: „Es gibt auch S. Hoch pokern mit schlechten Karten."

Gott schweigt, Batman versteht nur Bahnhof. Der Mann am Schalter schaut erstaunt.

Die Gedanken grübeln und Clint streichelt sein Pferd. Alles, also Erika, glaube ich, ergreift das Wort, er oder sie, erhebt sich in der Seifenblase,drückt dabei Frieda zu Boden, damit er, Erika, stabil steht und sagt:

„Mein Ziel ist es, jeden Tag zu leben und das so intensiv, als wäre morgen mein letzter."

Androido: „Tag?"

Erika: „Ja."

Gott: „Ist es."

Erika: „Mein letzter Tag?"

Gott: „Ja."

Erika: „Echt?"

Frieda (Nichts): „Geil!"

Clint: „Genieße den Tag.

Du bist jung.

Du stirbst jung.

Und gewisse Dinge bleiben dir erspart.

Schau dich an.

Ich bin kantig, knochig und bewaffnet.

Der Revolver, rechts an meinem Gürtel hat mich am Leben erhalten.

Der Zigarillo in meiner linken Hand hält mich am Atmen.

Deine verfickte Fresse macht nichts von beidem.

Ich könnte dir den Colt an die Stirn halten und abdrücken.
Ob ich das tue oder nicht, verschafft mir keinen Vorteil.
Du lebst einfach weiter, weil du zu unwichtig bist.
Du bist weder tot noch lebendig von Bedeutung."

Ich hole tief Luft. Clint ist im Redefluss. Das macht mir Angst.

Tarantino: „Geil….geil…geil."

Die andern, mich mit einbegriffen, sind erstmal sprachlos. Erika ganz besonders.
Clint hat noch nie so viele Sätze am Stück von sich geben.
Aber präzise, wie eine scharfe Messerklinge. Kein Wort zu viel. Jedes Wort trifft auf ein Hundertstel genau zwischen die Augen und eine Kugel wäre nur Verschwendung.

Die Frösche kommen aus dem Schlamm gekrochen und blasen in die Backen.

Kurz vorm Platzen quaken sie. Sie lassen Luft ab. Nicht von Bedeutung. Ein normaler Lauf der Dinge.
Tarantino tanzt vor Freude Boogie mit Gott. Kurze Armbewegungen mit leichtem Hüftschwung.

Boogie halt.

Alles ist immer noch in Schockstarre und Frieda, das Nichts, erhofft sich nichts.
Ich hoffe, dass XL nicht mehr zum Thema wird,

Tarantino: „Welche Erleuchtung. Erst XL, und dann das Todesurteil für Erika.
Was aus Unwichtigkeiten der Gegebenheiten, fallen gelassen wird."

Androido: „Aus meiner Sicht, ist Alles nichts."

Und Gott schaut auf. Seine Aura lässt die Frösche verstummen. Sie werden doch jetzt nicht platzen.
Gedärme würden alles grün färben.

Gott: „Alles würd' ich geben für Rührei."
Clint: „Kein Problem."

Clint zieht den Revolver mit der rechten Hand, zielt unwesentlich kurz und drückt ab, noch unwesentlicher.

Die Seifenblase platzt.

Alles (Erika) fällt mit dem dritten Auge, dessen Farbe rot ist, aus der Blase. Frieda fällt auch zu Boden, mit zwei Augen, beide schwarz. Alles ist im Nichts und Frieda ist alles was noch übrig ist.
Punkt um. Drehung nach rechts.

Ich schaue zu Gott.
Androido schaut auf mich.
Batman auf Clint.
Tarantino grinst verschwitzt.
Die Gedanken sind sprachlos und schauen ins Leere.
Und so waren es nur noch sieben.
Wenn Clint so weiter macht, und er hatte nur sechs Schuss im Colt, minus zwei, sind nur noch vier übrig.
Gut, er könnte nachladen. Aber will er Gott, oder noch schlimmer, mich auch erschießen?
Der Mann am Schalter packt seine Butterbrotdose aus und macht Mittagspause.
Ach, denk ich, das kann ich auch.

Ich hab' zwar nur flüssige Nahrung, aber hochprozentig.
So greife ich zur Flasche Wodka, nehme einen guten Schluck und kippe mir noch Himbeerbrause hinter her, um es erst dann runterzuschlucken.

Eine Gegebenheit, die ich zu meinem 40. Geburtstag kennen gelernt habe.
Als ich mich zurückhalten wollte und mein Schwiegervater mir mit Vollgas in den Rücken fällt.
Stimmt ja, erst die Brause, dann der Schnaps.
Er war mit fast siebzig Jahren direkt Feuer und Flamme für dieses Ritual. Und die Familie muss doch zusammenhalten. Also auf mich kann man immer zählen, wenn es um massenhaften Alkoholkonsum geht. Da lass' ich meinen Schwiegervater doch nicht hängen.
O. k., wenn es um Alkohol geht, in Massen, ohne Limit, lässt man keinen hängen, selbst Uli Hoeneß nicht. Oder?

Ich: „Wo ist Uli überhaupt?"

Die Schlammschnecken zucken ängstlich zusammen.

Clint: „Was für ein Uli?"
Gott: „Der Hoeneß!"

Die Schlammschnecken schauen sich verdutzt an. Die dickste von ihnen macht sich dünne. Der Rest übergibt sich höflich und folgt der dicken Schnecke, die sich dünne macht.

Ich zu Gott: „Du kennst den?"
Gott: „Ich bin Bayern-Fan."

Die Schlammschnecken haben schon den Horizont überschritten.

Ich: „Clint, gib' mir mal gerade den
Revolver." Clint: „Nein!"
Ich: „Doch, oder soll ich ihn erschlagen?"
Androido: „Erschlag ihn!"
Batman: „Verstehe gerade den Zusammenhang nicht.?"
Die Gedanken: „Aber es ist Gott."
Ich: „Aber er ist Bayern-Fan und Leute haben schon für weniger ins Gras
gebissen. Die Welt steht am Abgrund und es gibt keine Gnade für den
Kommerz."
Frieda: „Mach' ihn kaputt!"

Clint nimmt die Sache selber in die Hand.
Er gibt mir nicht den Revolver, er ergreift ihn selber. Er ist halt ein
Macher.

Und was bin ich?

Und was ist Gott?

Clint Eastwood zielt auf Gottes Stirn.
Tarantino ist fassungslos, und ich kann seine Gedanken Lesen.

Quentin Gedanken........ ist der FC Bayern so wichtig, das man dafür
Gott erschießt?.....

Batman hält die Luft an.

Androido versteht die Menschheit nicht.

Frieda, das Nichts, ist kurz vor ihrem Ziel.

Die Gedanken schweigen.

Wenn selbst Quentin es nicht gutheißt und Zweifel in seinen Augen schimmert, dann gibt mir das zu denken.

Clint: „Es gibt kein Zurück mehr, ich drücke ab."

Die Treppe (Teil 35)

Halte den Atem an. Wie lange schaffst du es?

Verhindere eine Zusammenkunft vom Jetzt und Morgen, oder vereine sie in der vierten Dimension.

Da ist sie wieder, die Zeit. Relativ und unbestimmt. Ich atme aus, ich atme ein. Ich träume, darum bin ich. Liege halb im Kühlschrank, mit Schal und Mütze, nur wegen des Lichtesbei halb offener Tür. Es ist kalt aber hell.

Leolo lässt grüßen.

Und die Angst in mir verlässt mich nicht, obwohl ich eine ganze Legion hinter mir stehen habe.

Sekunden verstreichen wie Stunden. Eine Kugel fliegt, abgefeuert von Mr. Eastwood.
Von heute ins Morgen, von der vierten in die fünfte Dimension.

Alles ist relativ

Ein Feuerstoß verlässt die Mündung des Revolvers, gefolgt von Qualm, und aus all dem tritt ein metallischer Gegenstand und lässt alles hinter sich.

Vorne konisch, mit leicht abgerundeter Spitze, hinten flach, fliegt es unaufhaltsam in Richtung Unendlichkeit. Und das Atmen fällt schwer. Meine Augen visieren das Geschoss an, mit der eingravierten Aufschrift an der Spitze,--- GOOD-BYE, GOTT---, fliegt es ca. 50 cm an meinem Gesicht vorbei. Das Projektil dreht sich, um den Flug zu stabilisieren. Ob es ein Vollmantel- oder ein Teilmantelgeschoss ist, kann ich nicht beurteilen. Projektil kommt von lateinisch „proicere" und bedeutet wohl werfen. Ja die Italiener...... wenn ich keinen Revolver habe, werfe ich die Kugel und derjenige gegenüber lacht sich tot.

Obwohl..... das Resultat ist dasselbe.

So fliegt das Projektil in Schneckentempo, knapp an meinem Gesicht vorbei, in Richtung Gott und ich habe Zeit zu überlegen, was zu tun ist.

Ich flitze schnell zu Gott rüber und frage, ob er alles im Griff hat. Seine Antwort ist sehr unbefriedigend.

Gott: „Leck' mich am Arsch!"

Da die Zeit verdammt langsam verstreicht, gehe ich gemütlich zu Clint. Wisch' mir noch unterwegs die Vogelscheiße von der Brille. Dachte erst, da hängt 'ne dunkle Wolke am Horizont.

Ich: „Hi Clint, alles im Griff?"
Clint: „Schnauze!"

Ok, dann geh ich nochmal zu Gott. Dreh' mir unterwegs noch eine Kippe. Hab auch Aktive mit, doch die Zeit drängt nicht.

Ich: „Also, ich war gerade bei Clint, der ist nicht gesprächsbereit."

Gott: „Sehe ich aus wie gesprächsbereit?"

Ich: „Nö, scheint nicht so. Liegen eigentlich meine Haare gut im Wind?"

Gott: „Wen interessiert das?"

Ich: „Gehe noch mal rüber zu Clint."

Gott: „Verpiss' dich!"

Ich: „Mach ich, pisse später."

Ich wieder zu Clint. Unterwegs schnell zu Tarantino und ein Snickers geteilt. Wenn die Dinger im Kühlschrank lagen, kann man sie schön mit einem Messer in mundgerechte Scheiben schneiden.

Ich: „Äääää, hi Clint. Ich schon wieder. Also Gott stellt auf stur."

Clint: „Meine Entscheidung steht, und die Kugel fliegt schon."

Ich dann schon wieder zu Gott. Auf dem Weg dahin kommen mir Zweifel von Sinn und Zweck.

Ich halte inne und meine Gedanken schweigen. Tränen rollen an meiner Wange runter, auf dem Weg zum Südpol. Sie verdunsten unterwegs und erreichen nie meine Füße.

Fliegen verbreiten sich in der trockenen Luft wie lästige Geschwüre. Eben wirkte noch alles sehr komisch, und nun zerbreche ich innerlich. Ich bin ein Clown, der heimlich weint, und nun stehe ich vor Gott.

Ich: „Dann bleib' doch stehen und nimm' dein Ende in Empfang oder weiche zur Seite."

Stille.

Ich gehe zu Clint und trete ihm volle Pulle in die Eier. Er sackt vor mir auf die Knie und hält sich beim Abgang nach unten an meinem weißen Hemd fest. Dabei lässt er es keinmal los und zerreißt es von oben bis unten. Egal, ich zerreiße seins.

Ich schaue zu Gott. Die Kugel aus Clints Revolver zerschlägt ihm den Schädel. Für den Bruchteil einer Sekunde bebt es unter unseren Füßen. Das Grollen der Erde wird direkt von der Stille verschluckt. Kein Geräusch mehr, weder Wind noch irgendwas ist zu hören, bis zu dem Augenblick, in dem Gottes Körper auf den Boden aufschlägt.

Und die Zeit?

Es war nur ein Bruchteil von Nichts, in dem sie stehen blieb.

Und nun hätte ich gerne was Stimmungsvolles.

Androido: „Ich finde nix."

Ich: „Das ist dein Part, Quentin!" Tarantino: „Little green bag?"

Ich: „Bingo!"

Wenn die Musik stimmt, brauche ich weder Gott noch Clint und schon gar nicht Bayern München.

Die Treppe (Teil 36)

Tralla. Boogie-Woogie. Der Endspurt steht bevor. Fünf Eimer Bier in der Sonne bei dreißig Grad vorgeglüht. Die Sonne knallt, danach das Bier. Die Frage ist doch, Alles oder Nichts? The Sundown II Tarmonto, von Ennio Morricone. The good, the bad and the Ugly. Drei Westernhelden vereint in einem. Leolo. Wer Leolo nicht kennt, ist selber schuld. Und es werden viele selber schuld sein. Ich sag' nur...... ich bin gerne doofer als der Doofste, das erleichtert das Leben.

Gott

Wir schreiben das Jahr 2090. GOTT wird ganz offiziell von Clint Eastwood am 12. August 2018 erschossen. Keiner kann oder will die Kugel damals aufhalten. Ich persönlich kann, aber will nicht. Gott auch nicht.

Noch schlimmer ist, dass ich verdammt bin. Von wegen Gendefekt. Bin unsterblich. Gott liegt im Sterben seine Hand auf meine Schulter und sagte: „Leck' mich am...".

Ich denke, er meinte am Arsch. Dieser Wichser, jetzt verstehe ich. 72 Jahre später. Mein Schädel ist kurz vor dem Zerplatzen. Die Gedanken formen sich nicht zu Worten. Die Axt im Wald ist eine Kettensäge. Die Musik in meinem Kopf tropft wie Blut aus meinen Ohren. Ich ertrage nach all den Jahren die Welt nicht mehr. Freude ist ein anderer Kontinent. Ich bin ein anderes Wesen. Mir wachsen künstliche Gliedmaßen aus dem Körper. Bin ein Opfer meiner Selbst. Zerfleische meine Gedanken, zerbreche meine letzten eigenen Knochen, um sie durch Synthetics zu ersetzen. Werde wie GOTT behandelt, weil ich bei seinem Tod dabei war und immer noch lebe. Der Rest der Menschheit vegetiert vor sich hin, und mir bringt man Opfer. Man huldigt mir. Alle lieben mich und keiner liebt sich selbst, so wie ich. Wie kann man einen Gott lieben, der sich selbst nicht liebt?

Und ich stelle eine Frage. Wenn ich nicht GOTT bin, wer bin ich dann?

Und nein, hier ist noch nicht das Ende, hier ist die Neugeburt.

Albert kriecht wie ein Sandwurm aus dem Nichts hervor. Nach den ganzen Todesfällen endlich mal ein lachendes Gesicht. Das Nichts verschluckt die Gedanken.

Als GOTT starb, veränderte sich nicht viel. Die Arschlöcher, die schon immer welche waren, bleiben immer noch Arschlöscher. Und die halbwegs Guten bleiben halbwegs gut. Und die, die unsterblich waren, bleiben unsterblich.

Zu den Unsterblichen zählen Albert, Clint, Androido, Batman und Tarantino. Punkt. Sonst keiner. Und was ist mit Gott? Gott ist auch nur ein Quadrat. Und ich bin ein grinsendes Mettbrötchen. Nimm alle Frauen dieser Welt, es werden wohl ein paar Millionen sein. Und 100 000 Tausend, vielleicht auch nur 10000 oder 1000, vielleicht nur 100 oder 10, vielleicht nur eine wird zu mir passen. Aber... wenn ich mich selber nicht liebe, liebe ich keine von den 10 Millionen, noch nicht mal die Eine. Ja gut, das weiß jeder, es sei denn, man lebt in der Eifel.

Und wenn man sagt, man ist auf der Suche nach Gott, ist man dann nicht auf der Suche nach sich selbst?

Androido: „Es liegt doch auf der Hand."
Clint: „Es liegt so auf der Hand, dass es schon weh tut."
Batman: „Ich hab' da wieder was Neues. Einen Leck-dich-doch-selber-am...."
Ich: „Schnauze, Batman, brauchen wir jetzt gerade nicht."

Albert und Quentin tanzen zusammen Tangoflash. Eine Tanzrichtung, die sie gerade erst selber erfunden haben. Da ich vom Tanzen wo wenig Ahnung habe wie der Regenwurm vom Fliegen, will ich und möchte es auch gar nicht beschreiben. Ich wäre in der Lage, das Umfeld zu beschreiben.

Ich: „Albert soll ich das Umfeld beschreiben?"
Albert: Jo, ich sehe doch selber, wie es aussieht."
Ich: „Ja duuu, aber nicht der Leser."
Albert: „Ja, wenn du meinst. Schreib', wie herrlich es gerade ist. So jung wie heute kommen wir nie mehr zusammen. Wobei eigentlich alles Scheiße ist. Aber du weißt, ich sehe immer das Positive im Menschen. Wer soll das Buch eigentlich lesen?"
Ich: „Hier jetzt keiner, die sind ja alle durch. Ich bring' das Buch früher raus."
Batman: „Früher als jetzt?"
Ich: „Ja."
Androido: „Gestern?"
Ich: „Noch früher."
Clint: „jetzt beschreib' dieses Elend endlich."

Tarantino: „Ich übernehme. Es ist abgefuckt hier."

Ich: „Ich schreibe ein Buch, das muss gefühlt werden. Abgefuckt ist verdammt noch mal zu kurz."
Tarantino: „Wetterbericht?"

Ich :Zz.B. „

Tarantino: „Es hat drei Tage geregnet ohne Ende, wir wären beinahe ersoffen. Kühe schwammen in den Fluten mit den Füssen nach oben an uns vorbei. Wilde Kühe halt. Wir saßen auf dem Betondach und haben alles beobachtet. Und nun, seit sieben Tagen die brennende Hitze, über 35 Grad. Alles um uns herum starb, um dann am Ende doch zu ertrinken."

Ich: „Und am Ende zerbrechen wir doch alle."
Androido: „Und am Ende steht der Anfang."
Clint: „Es wird Zeit, zum Fluss zu reiten."
Albert: „Ja, wir müssen Abschied nehmen."

Die Treppe (Teil 37)

Bin ich ein Geschichtenerzähler oder nur der Mann der freitags den Müll rausstellt? Gehe ich die Treppe hinauf oder herunter? Das Holz knirscht unter meinen Füßen. So steige ich Tag für Tag diese Treppe hinauf. Und am Ende, oben angekommen, ist sie nicht da, ich stehe alleine da. Ich habe letztens einen Menschen im Freundeskreis getroffen, der auch ein Kind verloren hat. Es hat lange gedauert, bis wir drüber gesprochen haben. Aber zuletzt haben wir das. Er hat viel zugehört, ich viel geredet. Uns verbindet etwas, was kein anderer Mensch verstehen kann oder will. Man nehme mir mein linkes Bein oder beide. Dazu noch die Arme oder mein Leben. Aber niemals mein Kind.

Der Sinn und Zweck von Batman

Der Himmel ist blau, kleine Wolken verlieren sich. Clint lässt wie immer den Zigarillo wandern, von links nach rechts und von rechts nach links. Der alte Knochen, zäh wie ein Stück Leder. Was will ich mit einer ganzen Armee, wenn ich Clint an meiner Seite habe. Er sagt neunzigMinuten nichts und die neunzig Minuten zu warten ist es wert für den einzigen Satz, den er von sich lässt.

Clint: „Hey, mach den Mund zu, sonst scheiß' ich dir in den Hals."

Albert schwitzt, wie immer, mit halb offenem Mund und Herr Eastwood möchte da hinein scheißen. Alberts Gesicht stockt, egal wie nett er auch aussieht, ein Schlag und Clints Zigarillo macht eine Reise durch seine Mundhöhle, als wenn Clint Eastwood sich im freien Senkrechtflug befinden würde. Boogie-Woogie, sagt Quentin. Ich kenne Alberts Hammer. Natur pur. Clint würde ihm beim Rückwärtsflug eine Kugel zwischen die Augen platzieren. Armageddon liegt vor uns, nicht bei uns. Albert, trotz Bluthochdruck, bleibt ruhig. Batman wirkt wie immer überflüssig. Verstehe selber als Schriftsteller seine Rolle nicht in diesem Buch. Androido schnappt nach Luft, obwohl er keine braucht.

Ich: „Ääää, brauche Inspiration."
Androido: „Ich glaube, mein Blutdruck ist zu hoch."

Flüstert er mir ins rechte Ohr.   Ich flüstere zurück, ohne ihn anzuschauen.

Ich: „Das bezweifle ich, ich glaube eher, dass dein Akku überlastet ist."
Albert: „Na, ihr zwei Turteltäubchen, was gibt es zu flüstern?"
Ich: „Sein Akku ist überladen, zu viel Sonne. Und du schwitzt wie ein Stier, Albert."
Albert: „Ja, wäre ich nicht unsterblich, wäre ich schon längst tot."
Batman: „Ich denke, dass meine Garderobe etwas unpassend ist. Mir läuft gleich der Schweiß aus der Kinnhalterung."

Unsere Fortbewegungsmittel habe sich alle verabschiedet. Sie sind tot oder defekt. Die Landschaft formt sich aus staubig und trocken zu etwas aus Beton. Eine Stadt liegt vor uns. Grüne Bäume kommen zum Vorschein. Der Boden wurde wohl künstlich bewässert. Das Gras, am Anfang noch verbrannt und leblos, wird von Schritt zu Schritt immer grüner. Es wirkt wie eine Oase. Clint bleibt stehen und wartet, bis wir alle zu ihm aufgeschlossen haben. Alle bleiben bei ihm stehen und er schaut ihn die Runde, er hat neunzig Minuten nix gesagt, also haut er jetzt eins raus. Gespannt schauen wir ihn an, bis auf Batman, der fast in seinem Schweiß ersäuft.

Clint: "Wir sollten uns jetzt bewaffnen, wir sind hier nicht willkommen, aber es ist der kürzeste Weg, mitten durch dieses Armageddon."
Androido: „Wir sollten diesen Ort umgehen."
Clint: „Nein, mitten durch. Keine Umwege mehr."

Alberts Hand ergreift meine linke Schulter, seine Finger drücken sich tief unterhalb des Schlüsselbeins in die Haut. Ein leichter Schmerz der sich gut anfühlt. Ein Zeichen der Verbundenheit. Ein Zeichen so wie: Wir stehen hinter dir. Clint kniet sich hin zwischen grünen Gräsern und trockenem Boden. Einhändig schiebt er staubige Erde auf Seite, die, je tiefer er kommt, immer dunkler wird, um dann doch beide Hände zu benutzen. Nach ca. einem halben Meter zieht er einen Leinensack aus dem Dreck. Die Sonne verschwindet am Horizont. Clints Silhouette verschluckt alle Farben. Der Inhalt klimpert stumpf, so wie schweres Metall mit Holz vermischt. Er schnürt es auf und greift hinein. Sein Schatten holt eine Axt heraus.

Clint: „Hör', die ist für dich."

Batman ergreift sie und haut sich den linken dicken Zeh ab. Ein kurzes Zischen zwischen den Zähnen, ist es der Schmerz oder ist die Axt zu schwer? Dann Erleichterung in seinem Gesicht. Der Schweiß läuft ab. Und weil es schön war, haut er auch noch den rechten Zeh ab. Wenn es einmal läuft, dann läuft es. Schweiß vermischt sich mit Staub und wird zu einer schlammigen Masse. Luftblasen blubbern in der Mitte und ein Plopp bring ein dünnes, grünes Blatt hervor. Entschwitzt und mit instabilem Schritt schwankt er zu Albert und mir.

Batman: „Bin dabei, Papa."

Tarantino, Albert, Clint und Ich haben Fragezeichen in der Gedankenblase.????

Androido: „Er wird verbluten."

Albert pustet seine Backen auf, er hält sie auf Spannung, lässt den Druck nicht weichen. Nach fünfzehn Sekunden geht ihm die Puste aus. Und er sagt kein Wort, was selten vorkommt. Quentin schaut Batman von unten nach oben an, sein Kopf ist dabei seitlich geneigt, sein Mund grinst leicht. Androido wirkt nervös, was gar nicht sein kann. Clints Zigarillo ist aus, er hat vergessen dran zu ziehen. Und ich? Nach dem Schweiß kommt kein Blut, sondern Sand aus den Füssen. Ich lege Batmans Maske frei. Das Gesicht wirkt unecht. Wie eine dicke künstliche Haut.

„Papa, zieh' sie ab!"

Ich: „Wo soll ich hin greifen?"
„Kurz hinter den Ohren, feste dran ziehen."

Die Sonne hat fast den Horizont verlassen. Vier Schattengestalten stehen um mich rum. Ich ziehe kurz hinter den Ohren die Maske ab. Eine alte Frau kommt zum Vorschein, so um die achtzig Jahre, mit langen grauen Haaren. Clints Zigarillo fällt zu Boden. Seine Lippen haben die Muskelspannung verloren. Ein Zeichen von Schwäche?

Nein, ein Zeichen von Menschlichkeit. Albert fängt an zu heulen und meint dann, dass er in solchen Momenten nicht heulen kann.

Androido: „Völlige Fehleinschätzung der Gegebenheiten."

Quentin lässt sich gekonnt auf die Knie fallen, der trockene Boden fängt ihn auf, in einer leichten, staubigen Wolke. Sein Blick wirkt verwirrt, doch sein Grinsen schwindet nicht aus seinem Gesicht.

Ich umarme meine Tochter und sie sagt:

„Ich möchte meine Schwester wiederfinden."

Die Sonne ist am Horizont verschwunden, quasi verschluckt worden, wie so manches Leben verschluckt wird. Meine älteste Tochter war nie mehr am Grab ihrer Schwester, außer der bei Beerdigung. Sie hat vor Trauer so am Grab geweint, dass es uns alle zerrissen hat. Und es hat sie wohl auch zerrissen, an diesem Tag. Sie liegt an einem Baum im Wald. Nicht an einem betonierten Grabstein. Und ich sage zu ihr:

„Komm mit, wir suchen und wir finden."
Meine Älteste: „Meine Zeit läuft bald ab. Meine Füße sind schwer und können mich kaum noch tragen."
Ich: „Deine Füße werden dich so lange tragen, bis du dein Ziel erreicht hast."
Albert: „Du brauchst keine Füße, du hast uns."
Clint: „So ist es und nicht anders, es gibt kein Anders und so lange ich euch begleiten werde, wird diese verfickte Welt euch kein Haar krümmen. Punkt."

Die Treppe (Teil 38)

Quantensprünge entfernt von Gut und Böse berühre ich im Traum mit einem sanften Händedruck die Treppe. Die Anzahl der Stufen habe ich vergessen. Wir haben uns lange nicht mehr gesehen. Meine Füße trauen sich nicht, hältst du ihnen noch stand oder bis du schon vom Holzwurm durchfressen? Die Farbe, die ich vor vielen Generationen aufgetragen haben, ist fast komplett abgeblättert. Du knirschst verdächtig

.

Mr. Spock behält den Überblick

Der Horizont spuckt die Sonne in Zeitlupe wieder aus. Wir liegen im vertrockneten Moos und ich halte immer noch ihre Hand. Ich bin wach und öffne meine Augen, schaue zu ihr rüber.

Ich: „Bist du schon lange wach?"
Meine Älteste: „Ja."

Ich spüre, wie mein linkes Auge sich leicht salzig und nass anfühlt und eine Träne es verlässt. Sie versucht, sie wegzuwischen, doch ihre Hand ist viel zu langsam. Sie wirkt alt und gebrechlich. Ihr Mund zeigt keine Regung, aber ihre Augen sprechen Bände.

Ich: „War der Anzug nicht klimatisiert?"
Meine Älteste: „Ich glaube schon."
Ich: „Aber?"
Meine Älteste: „Was weiß ich."
Ich: „Wann hast du zuletzt getanzt?"

Meine Älteste: „Hab' ich vergessen."

Ich: „Du wirst immer meine Tänzerin sein. Die Wortkarge... und wenn sie losschnattert überschlagen sich die Wörter."

Clint steht in der Sonne, gefühlte drei Meter hoch, vor uns und wieder sieht man nur die Silhouette.

Clint: „Du bist unsere Tänzerin."

Tänzerin: „Das bin ich, aber nur in eurer Phantasie."

Albert: „Die haben wir und dein Vater ganz besonders."

Clint geht aus der Sonne und gewinnt nicht an Farbe. Seine Gesichtszüge sind klar zu erkennen, aber es bleibt in schwarz-weiß, was seiner Ausstrahlung noch mehr Ehrfurcht verleiht. Hinter ihm steht Androido. Er macht drei Schritte auf uns zu, kniet sich seitlich zu meiner Tochter, streckt seine Hand aus und berührt ganz vorsichtig ihre unteren Beine.

Androido: „Und diese Beine können nicht mehr tanzen?"

Tänzerin: „Können vielleicht, aber sie wollen nicht mehr."

Sie schaut in die Runde.

Tänzerin: „Ich fühle mich alt und schwach. Lange werden meine Füße mich nicht mehr tragen. Meine Erinnerungen schwinden. Ihr seid meine einzigen Helden. Bringt mich ans Ziel."

Tarantino steht zehn Meter von uns entfernt und schaut zu uns hinüber. Sein leichtes Grinsen ist verschwunden. Er wirkt nachdenklich. Er gibt sich einen Ruck und kommt zu uns. Er hält den Leinensack in seiner Hand. Wirft ihn zu Boden.

Quentin: „Es wird Zeit sich zu bewaffnen."

Clint: „Es ist für jeden genug dabei."

Androido: „Und du, Clint?"

Clint: „Ich war noch nie unbewaffnet. Ich brauche nichts aus diesem Sack. Mein Leben ist kantig und eckig, so wie meine Seele. Und wo ich grade im Redefluss bin, erzähle ich euch eine Geschichte."

Androido: „Geschichte?"

Alle sind sprachlos bis entsetzt. Der Clint will eine Geschichte erzählen, wie soll das funktionieren in fünf Sätzen?

Clint: „Ich trank wie immer gemütlich mein Feierabendbier in der Hängematte bei 37 Grad, mit Hose, Westernstiefeln und Poncho. Kein Tropfen Schweiß floß mir aus den Poren, trotz voller Montur, und ich lag nicht im Schatten. Die Sonne brannte mir quasi minütlich eine Falte mehr in die Fresse. Aber egal, ich war die Ruhe selbst. Meine Haut knirschte wie ein Kotelett auf dem Grill. Ich war damals noch keine 25 und merkte, wenn der Tag zu Ende geht, sehe ich aus wie 55."

Tarantino wirkt fasziniert. Albert scheint gar nicht zu zuhören. Er träumt wohl von Hühnern und Selbstbefruchtung. Androido ist still und blickt gespannt. Er ist wohl fasziniert von dem, was er nicht ist. Wir leben und er funktioniert. Seine Logik ist weit von uns entfernt.

Clint: „Aber egal, ich fühlte mich wohl. Hatte eine Hütte mit Brunnen mitten in der Wüste. Ich wusste, hierhin wird sich keiner verirren. GESCHISSEN. Eine riesige Rauchwolke bewegte sich auf mich zu. Der Rauch war mir ja noch egal, doch der Lärm nervte mich sehr. Kurz vor meiner Hütte blieb dieses rauchende, lärmende Chaos stehen. Ich sah erstmal nichts mehr außer Staub. Meine Lungen inhalierten den Dreck ohne ein Zeichen von Schwäche. Man kann sagen, ich atmete den ganzen Rotz weg. Ich entstaubte die Enterprise, die nun ca. dreißig Schritte vor mir meine Ruhe störte. Die haben beim Landeanflug die halbe Wüste gepflügt."

Quentins Kinnlade fällt ins Unendliche.   Alberts Hühner sind wohl gerade wichtiger. Androido hält die Luft an.

Tänzerin: „Wieso atmet Androido nicht mehr?"
Ich: „Weil er keine Luft braucht."

Androido wendet sich zu Clint und fragt:

„Und?"
Clint: „Erst kam Kapitän Kirk."
Androido: „Ja und?"
Clint: „Und was?"
Tarantino: „Was hat er gesagt?"
Clint: „Uff."
Tarantino: „Uff?"

Clint: „Ja….uff."
Tarantino: „Nicht mehr?"
Clint: „Nicht mehr."
Androido: „Für jemanden, der die halbe Galaxie durchreichst hat, verdammt wenig."
Ich: „Clint, was hast du denn noch darauf so gesagt?"
Clint: „Nichts."
Tänzerin: „Gar nichts?"
Clint: „Überhaupt nichts."
Albert: „Ja, wie jetzt?"

Clints Grimasse spannt sich. Sein Mund geht in die Breite, ohne Zähne zu zeigen.

Clint: „Er fiel zu Boden."

Androido: „Ist er gestolpert?"

Clint: "Nein,…. meine neun Millimeter aus meinem Colt, gut platziert aus der Hüfte, haben ihn gestoppt. Was würdest Du wohl sagen, wenn jemand mit einer Knarre auf dich zielt und dir ein Loch zwischen die Augen schießt?"

Quentin: „Uff?"

Tänzerin: „Scheiße……..für ein „Hey" hätte es wohl nicht mehr gereicht?" Clint: „So sehe ich das auch…uff ist mehr so schwuchtelmäßig."

Androido: „Hat was mit Prinzipien zu tun?"

Clint: „Ja, exakt."

Quentin wird immer ungeduldiger. Er kratzt sich am Sack und es scheint ihn nicht zu stören.

Tarantino : „Und dann?"

Clint: „Kam Mr. Spock."

Ich: „Lass mich raten. Der sagte dann gar nix mehr, weil er direkt zu Boden ging.?"

Clint: „Nein. Er hat sich für die Störung entschuldigt."

Androido: „Ich verstehe die Geschichte nicht. Was willst du uns damit sagen?"

Clint: „Das interessiert mich einen Scheißdreck. Eine Geschichte halt. Ob mit Sinn oder ohne. Alles was sinnvoll ist, muss nicht einen Sinn ergeben. Manches Sinnlose ergibt mehr Sinn."

Clint lacht kurz ganz laut auf, um es dann direkt zu verschlucken, sein Lachen.

Tarantino: „Du kannst doch nicht Kapitän Kirk erschießen."

Clint: „Als ich Gott erschoss, hat sich auch keiner beklagt."

Meine Tochter erhebt ihren Oberkörper und sagt:

„Ihr brecht alle Regeln, selbst Gott war dem nicht gewachsen."
Ich: „Selbst Gott ist relativ."
Tänzerin: „Und was seid ihr?"
Ich: „Nicht anpassungsfähig."

Albert liegt noch eine Frage auf seinen ungeduldigen Lippen:

„Der Spock hat sich echt entschuldigt?"
Clint: „Albert, was hätte er den sonst machen sollen?"
Tarantino: „Dich mit einem Phaser durchlöchern. Und hätte das nicht gereicht, hätte dich die Enterprise mit einem Photoniktorpedo platt gemacht."

Clints Blick bleibt auf seine Stiefel gerichtet. Erst im letzten Moment, als alles nach einer Antwort schreit, sagt er:

„Ich bitte dich."

Die Treppe (Teil 39)

Winzige Holzwürmer zerfressen mein Hirn. Die Frage nach GOTT, ob oder nicht, gibt es nicht mehr. Die Antwort lautet, es gibt zur Zeit nur mich. Und wenn nur mich, was interessiert mich der Rest? Und wenn der Rest mich nicht interessiert, wer bin dann ich? Bin ich dann GOTT oder ein Diktator? Oder bin ich ein Gänseblümchen?

Die Bewaffnung

Die Bewaffnung findet nun statt. Der Tag ist jung, und alle stehen um den Leinensack herum. Wolken verdunkeln den Himmel. Der nächste Chaosregen scheint bevorzustehen. Selbst die Tänzerin hat sich neben uns im Kreis eingegliedert. Sie steht mit beiden Füßen im noch trockenen Dreck. In der Ferne schlagen schon Blitze um dunkle Wolken. Sollte noch jemand eine Geschichte zu erzählen haben, machen wir es in der Abhandlung des Geschehens. Heißt, wir bewaffnen uns und gehen zur ungebetenen Stadt, während irgendjemand was erzählt.

Ich: „Ist doch verständlich erklärt?"

Ein Mann am Schalter, ohne Schalter, rennt verwirrt an uns vorbei.

Mann am Schalter ohne Schalter: „Wo ist der Herr mit XL Schwanz? Ich kann ihn nicht finden. Ich werde wahnsinnig. Anfragen ohne Ende."

Alle gucken mich an und ich weiß nicht, wieso.

Ich: „Wir waren doch bei der Waffenauswahl?"
Clint: „Ja waren wir."

Das Problem ist, dass mich, bis auf Clint, immer noch alle entgeistert angucken. Haben sie gedacht, dass ich im Beisein meiner Tochter dem Mann vom Schalter, ohne Schalter zurufe „JA, DAS BIN ICH?" Wobei, ob dem so ist, weiß nur ich. Bin der, der jetzt in den Leinensack greift.

Ich: „Ups."

Androido: „Eine Gitarre."

Ich: „Habe ich mir auch anders vorgestellt."

Clint: „Was hast du dir denn vorgestellt?"

Ich: „Ich dachte, ich hätte was zum Niedermähen ergriffen. Zum Beispiel eine Kalaschnikow."

Clint: „Dann passt es doch, hast du doch."

Hinter mir taucht wieder der Mann am Schalter ohne Schalter auf. Völlig aufgelöst schlägt er Haken. Sein Zickzackkurs macht mich nervös. Unsere Blicke treffen sich und sein Kurs gewinnt an Geradlinigkeit, schnurstracks in meine Richtung. Meine beiden Hände ergreifen fest den Gitarrenhals wie einen Tennisschläger. Aus zehn Metern ruft er schon.

„Hey Sie?"

Noch acht Meter.

„Sie sind doch?"

Noch sechs Meter. Ich hole aus.

„Der mit dem....."

Noch vier Meter. Ich laufe ihm entgegen, die Zeit wird knapp. Ich verkürze. Im vollen Lauf, beim Buchstaben X, strecke ich ihn mit dem Korpus der Jazz-E-Gitarre nieder. Der Bumms lässt die Vögel in den Bäumen am Waldrand davonfliegen. Der Kopf des Schaltermanns bleibt stehen, seine Beine laufen noch einen Meter weiter, bis sie die Bodenhaftung verlieren und dem Kopf folgen. Ich schaue zu Clint.

Ich: „Passt."

Clint: „Der Nächste bitte."

Androido ist schon zur Stelle. Ist er nicht auf Zurückhaltung programmiert? Er wirkt so menschlich. Clint hält ihm die Öffnung des Sackes entgegen. Ein kurzer, präziser Griff, und er zieht einenmetallischen zylinderförmigen Gegenstand heraus.

Androido: „Ohhhh ein Laserschwert."

Quentins Kinnlade fällt fast zu Boden.

Tarantino: „Nee wah?"
Albert: „Immer der modische neue Kram."
Ich: „Ich tippe auf Salzstreuer."

Und ich hatte kurz das Gefühl, als sehe ich in seinem Gesicht, bestehend aus Metall, Kunststoff und Carbon, ein leichtes Grinsen. Was aber unmöglich ist. Es ist eine feste Masse, geschraubt, geklebt und genietet, vielleicht hier und da verschweißt. Ich weiß nicht, wie man den Salzstreuer bedient, aber er weiß es. Was auch immer er für einen Handgriff tätig, das Salz ist grün, ca. 1,20 Meter lang und leuchtet.

Androido: „Während ihr euch weiter bewaffnet, möchte ich in diesem Zuge auch eine Geschichte erzählen."

Albert ist der Nächste, der in den

Sackgreift.

Androido: „Ich war nie jung, ich war nie klein. Vom ersten Tag an war ich immer der, der ich heute bin. Bin und bleibe auf der Stelle stehen. Meine Füße tragen mich zu vielen Orten. Sehe und höre tausend Dinge, die mich doch nicht beeinflussen. Ihr seid mal lustig, mal traurig. Ich bin immer gleich."
Clint: „Dann bist du quasi depressiv."
Ich: „Dann ist die Menschheit ein Androido."

Albert zieht seine Hand aus dem Leinensack, in der hält er ein Buch von Bruce Lee. DER EIN-INCH-SCHLAG. Ein Inch sind exakt 2,54 cm. Ein Schlag, der noch keine drei cm braucht, um jemanden umzuhauen. Quentin wirkt fasziniert und fassungslos. In seinen Augen steht geschrieben…..Ein-Inch-Schlag ist ja geil, aber ein Buch ?...

Tänzerin: „ Androido, ist deine Geschichte zu Ende?"
Androido: „Mal ganz ehrlich, es war doch keine."
Tänzerin: „Das sehe ich auch so."

Androidos Gesicht verliert an Spannung. Das Gummicarbonmetall gemisch knirscht dezent.

Androido: „Ich hatte mal eine blaue Gießkanne, habe Blumen damit beglückt."
Clint: „Kurz, präzise und auf den Punkt. Tarantino, greif' in den Sack!"

Das lässt er sich natürlich nicht zweimal sagen. Währenddessen bewegen sich die dunklen Wolken, umschlungen von Blitzen, auf uns zu. Er greift mit beiden Händen in den Sack und zieht auch mit beiden Händen etwas Großes heraus. Wie sollte es anders sein, ein Raketenwerfer. Quentins Grinsen geht tierisch in die Breite. Albert haut im Hintergrund Androido mit einem Ein-Inch-Schlag von den Socken.

Albert: „War nur ein Test. Klappt!"

Clints Fresse zerknautscht sich. Und ich dachte, mehr Falten geht nicht.

Clint: „Heb dieses Laserschwert auf, sonst zerpiss' ich es!"

Klare Ansage, verständlich erklärt, denk ich mir. Und da fliegt schon ein Geschoss von Raketenwerfer an unseren Köpfen vorbei. Herr Eastwood wirkt auch bei geringer Mimik nicht sehr erfreut. Eine Falte mehr am rechten Mundwinkel sagt mehr als tausend Worte, und alle haben diese eine Falte am rechten Mundwinkel gesehen. Kein Wort verlässt seine Lippen und doch sind alle kusch.

Tarantino: „Ja Herr Eastwood, wir legen die Waffen nieder."

Ein mattes Grinsen verlässt sein Gesicht. So eine Art Demut. Die Falten rücken wieder gerade. Er schaut zur Tänzerin.

Clint: „So jetzt bist du dran. Du nimmst den ganzen Leinensack und wenn du in einer bestimmten Situation etwas brauchst, greif' hinein. Du wirst das als Waffe erhalten, was du in diesem Moment brauchst."

Ohne ein Wort zu sagen, ergreift sie den Sack.

Die Treppe (Teil 40)

Eine Stadt liegt vor uns und alle Geschichten hinter uns. Die Waffen sind verteilt. Meine Älteste ist dem Tod näher als ich. Ihre Beine können sie so gerade noch tragen. Es fällt mir schwer, die Fassung zu bewahren. Weine heimlich und schenke ihr auf dem letzten Weg so viel Liebe wie noch nie. Sie nimmt sie an. In zweisamer Stille nimmt sie meine und ich ihre Hand.

Die Sanduhr

Die Erde verliert an Trockenheit, als wir uns zum Waldrand bewegen. Aus Strohgras wird grünes Gras. Und es fehlen noch zwei Geschichten. Die von Albert und der Tänzerin. Und bevor wir den ersten Baum erreichen, holt Albert Luft….

Albert: „Ich hatte mal einen Traum. Von den zwei glorreichen Halunken und ich war der vierte im Bunde."

Quentin stolpert über seinen eigenen Füße.

Quentin: „Den dritten würde ich ja noch verstehen. The Good, the Bad and the Ugly. Aber wer soll denn der vierte gewesen sein?"
Albert: „Ja, ich."

Clint spannt die Backenmuskeln für eine Sekunde. Heißt so viel wie: Da bin ich ja mal gespannt.

Albert: „Ich war der Wüstensand. Ich war überall. Zwischen 0,002 und 0,063 Millimeter Korngröße, nicht bindend. Wir waren farblich sehr unterschiedlich, auch wenn der Betrachter meint, wir wären alle Bbige. Das ist nur das Gesamtbild. The Ugly griff in mich hinein und erhob seine Hand und ich verließ seine Hand in hellen und dunklen Tönen. Ein Rest von mir blieb auf seiner Handfläche liegen. Die andere Hand wischte mich weg. Ihm war nicht bewusst, dass es mehr als Sandkörner waren. Er wischte tausend Jahre Geschichte von seiner Hand."

Alle drehen sich, selbst Clint, zu Albert. Die ersten Bäume liegen hinter uns. Meine Tänzerin ergreift Alberts Schulter. Ob sie sich stützen oder nur seine Nähe genießen will, kann ich nicht sagen. Tarantino scheint von Alberts Worten sehr ergriffen. Androido wirkt sehr nachdenklich. Clint's Mimik ist mimiklos. Heißt so viel wie fassungslos. Ich selber beobachte, registriere, nehme Dinge wahr, die keiner sieht und spürt. Halte meine Gefühle zurück, bin kontrolliert. Alle halten inne, denn der Sand der Zeit fließt. Unaufhaltsam immerfort. Die Tänzerin, noch berührt von Alberts Worten, tritt zwei Schritte vor, um ihre Geschichte zu erzählen. Wir, die Unsterblichen, stehen der Sterblichen gegenüber. Albert stützt sie. Ihre Hand legt sich sanft auf seine Schulter. Ein leichtes Grinsen huscht über ihr Gesicht. Ein Vogelschwarm durchstreift die Lüfte, umfliegt die Baumgipfel und lässt sich nieder, als wäre die Geschichte, die nun folgt, für ihn bestimmt. Unsere Schritte stoppen nicht. Kleine abgefallene Äste zerbrechen unter unseren Füssen. Wir bewegen uns weiter fort, aber keiner ist eine Armlänge vom Anderen entfernt. Der Vogelschwarm erhebt sich in einer dunklen Wolke, aber nur bis zu den vor uns liegenden Bäumen, und verteilt sich gleichmäßig auf Tannen und Buchen.

Die Tänzerin: „Eine Wiese, mit Blumen übersät, die ich ohne Probleme mit meinen Händen berühren kann, durchstreife ich. Sind meine Schritte groß, kann ich den Lauf der Sonne beobachten. Sind sie klein, bleibt sie fast stehen. Gehe ich zurück, fängt der Tag von vorne an. Drehe ich mich im Kreis, schiebt sich der Mond vor sie und es wird dunkel. Glühwürmchen huschen dann aus den bunten Gräsern und schwirren um mich herum. Umkreisen meine weit ausgestreckten Arme. Heben mich in die Lüfte. Meine Hände senken sich und sie setzen mich wieder behutsam ab, zwischen Pampasgras und Panicum. Wie eine Balletttänzerin mache ich ein paar Sprünge nach vorne, und der Mond enthüllt die Sonne wieder."

Die Vögel wechseln zu den nächsten Bäumen. Wir schweigen.

Die Tänzerin: „So lasse ich den Tag nicht vergehen, weil die Sonne nach meinem Rhythmus tanzt."

Albert bleibt stehen, er ist sichtlich bewegt. Clint und Tarantino, die zwei Schritte vor uns gehen, bleiben stehen und drehen sich zu uns.

Die Tänzerin: „Clint?"
Clint: „Ja?"
Die Tänzerin: „Gab es dich auch mal in bunt?"
Clint: „Du meinst in Farbe?"

Quentin legt lässig seine Hand auf seine Schulter. Ein leichtes Unbehagen huscht durch Clints Gesicht, wie tausend Maden.

Tarantino: „Farbe lässt ihn zu harmlos aussehen."
Clint: „Ach, ihr Unwissenden habt doch keine Ahnung."

Androido starrt auf den Boden. So viel Gefühl ist zu stark (oder heftig) für seine Logik. Clint ergreift ihre beiden Hände.

Clint: „So, du Tänzerin, sag welche Schrittfolge?"

Die Tänzerin: „Es gibt nur eine Schrittfolge. Mein Leben, ihrUnsterblichen, ich gehe dem Ende entgegen. Was liegt hinter diesem Wald?"
Clint: „Alles und Nichts. Eine Stadt, von der ich nur gehört habe, ich war nie dort."
Ich: „Das heißt?"
Androido: „Alles ist möglich."

Die Treppe (Teil 41)

Eine Treppe, eingebrannt wie verkohltes Holz und doch hart wie Eiche. Gefühle verschmelzen im Chaos. Eine Stimme brüllt, Worte, die ich nicht verstehen kann. Musik ertönt, die mich einfriert. Eine lange Zeit ist vergangen. Schreie winden sich um meinen Körper. Wollen mich verschlingen. Kleine Risse bilden sich. Denn ich bin bereit, ihnen entgegenzuschreien.

Wir verschaffen uns Eintritt und Bodenkontakt

Der Wald lichtet sich. Die Sonne fällt vom Himmel. Die Vögel folgen uns nicht mehr. Alle Geschichten sind erzählt. Vor uns erhebt sich eine Stadt, länglich gezogen, wie ein Fluss. Lichter erhellen die Nacht. Rohre winden sich aus dem Boden. Das Belüftungssytem lebt. Beton wird durch Grün ersetzt. Hier gibt es keine Musik. Die ersten Wolkenkratzer sind in den Boden gerammt. Nicht hoch, aber tief. Es riecht nach Sodom und Gomorra. Nach Blut und Eitelkeit. Nach Hartz IV und den Geissens . Und schwubbel- die-wupp, da sind wir doch genau richtig, sag' ich mir. Dekadenz trifft auf mittellos. Und Scheiße, ich hab nur eine Gitarre, keine Kalaschnikow. Die ersten Gebäude treten zum Vorschein, umgeben von hohen Zäunen und Wachtürmen. Die Reichen lassen grüßen. Quentin bestellt direkt viele Grüße zurück. Die Rakete hat schon ihr Ziel erfasst und ist unterwegs. Clint wirkt nicht sehr erfreut. Er hätte sich wohl etwas mehr Strategie erhofft. Das Leben ist halt unberechenbar. Der Wachposten auf dem anvisierten Turm wird, wie erwartet, in hundert Stücke zerrissen. Vielleicht auch nur in achtzig, ich hab' in dem Moment nicht genau drauf geachtet und mit gezählt. Ok, vielleicht auch über hundert, ist jetzt aber gerade nicht so wichtig. Ich denke aber, er kam nicht mehr pünktlich zur Champagnerparty seines Chefs. Wenn, dann nur bröckchenweise. Also nicht am Stück. Aber nicht so schlimm, wir haben keinen Fachkräftemangel mehr. Fachkräfte, so sagt Androido, haben wir nicht mehr.

Die Tänzerin: „Leg' alles ab, was du bis hier jetzt erfahren hast."

Sie nimmt meine Haupthand. Meine Gitarre liegt auf meinem Rücken. Gott war mir noch nie so nah. Und dabei ist er schon lange tot. Und wer zum Teufel ist denn GOTT? Neben mir fallen Zeigefinger und ein Fuß mitsamt Schuh zu Boden. Wo der Rest vom Wachposten hin ist, will ich gar nicht wissen. Er düngt wohl mit seinen restlichen Organen den Boden. Auf jeden Fall ist unsere Ankunft nicht zu überhören. Tarantino wedelt währenddessen mit seiner Trophäe, dem Schuh und Fuß des Wachpostens. Der Turm ist um die Hälfte gekürzt, der Zaun versperrt uns immer noch den Weg.

Clint: „Ballere den Zaun weg, du Nichtsnutz! Und du da."

Ich: „Ich?"
Clint: „Ja.....mach' den Bass-Monster-Beat."
Ich: „Ist 'ne E -Gitarre!"
Clint: „Ist mir scheißegal, was das ist, mach'!"

Die ersten Lichter und Scheinwerfer schwirren hinter dem Zaun herum. Ich nehme meine Gitarre vom Rücken. Drehe die Höhenregler so, dass die Tiefen nicht mehr tiefer gehen.

Ich: „Aber ohne Boxen und Verstärker wird es nur ein leiser Furz."

Clint tippt mit Mittel- und Zeigefinger meiner Tochter auf die Schulter.

Clint: „Dein Einsatz, meine Dame."

Quentin schließt eine zweite Rakete Richtung Zaun. Meine Älteste greift in den Leinensack. Eine Explosion zerreißt dünnes Metallgestänge und drei Gestalten mit Taschenlampe, die gerade am Zaun auftauchten. Sie zieht einen Metallwürfel heraus, stellt ihn zu Boden.

Die Tänzerin: „200.000 Watt -Konzentrat. Komprimiert in zehnmal zehn Zentimeter."

Ich: „Optimal, Baby."

Die ersten Lichtgestalten formieren sich vor und hinter dem Zaun. Sie eröffnen das Feuer. Ihre Schüsse wirken noch planlos ohne Ziel. Ich schlage das tiefe E, ohne die Saite mit der anderen Hand nieder zu drücken. Eine gewaltige Druckwelle entfernt sich von mir Richtung Stadt. Blätter und Staub wirbeln vor mir auf und begleiten das nackte tiefe E. Hinterher schleudere ich noch eine Groove-Rhythmus-Folge. Der Wald bebt und die Bäume schütteln ihr Laub ab. Die dunklen Gestalten am Zaun halten sich Ohren und Augen zu mit ihren Händen. Ihre Schüsse verstummen. Clint geht uns als erster mit beiden Revolvern in beiden Händen voraus.

Clint: „Es gibt kein Zurück mehr, folgt mir."

Albert folgt ihm als Erster. Androido und Quentin folgen ebenfalls ohne Worte. Ich ergreife meine Tochter und nehme sie huckepack, so wie früher, als sie noch vier Jahre alt war. Sie singt. Wirkt erleichtert. Das Lied auf ihren Lippen erinnert mich an Louis de Funès, und der hat nie gesungen, aber eine Laune verbreitet sich. Und mir wird klar, wir bewegen uns nicht dem Ende entgegen, sondern dem Ziel. Am Zaun angekommen, testet Albert noch ein Paar Ein-Inch-Schläge. Androido schlägt den Übriggebliebenen den Kopf mit dem

Laserschwert ab. Für Raketen-Tarantino bleibt nix übrig. Jetzt versteht er erst.

Tarantino: „Also, so im Nahkampf ist das Ding ja kacke."
Clint: „Dass du das begriffen hast, wundert mich."
Androido: „Mit dicken Dingern ist Zurückhaltung gefragt."
Albert: „Eine Weisheit fürs Leben."
Die Tänzerin: „Die Oberflächlichkeit liegt vor uns, wir sollten sie hinter uns lassen."

Der Mann am Schalter erhebt sich aus dem Dreck, zwischen verbogenem Metallgestänge und vertrockneten Blättern. Er hetzt von links nach rechts. Ist panisch. Er wirkt wie immer planlos. Er scheint auf der Flucht zu sein, wie immer. Wie immer fühle ich mich nicht wohl, wenn der Mann am Schalter auftaucht. Wie immer wirkt er zerstreut, bis er mich sieht. Sobald ich in seinem Blickwinkel auftauche, scheint sein Leben für einen Augenblick geordnet zu sein. Was mich jetzt nicht beruhigt. Ich zünde mir genüsslich eine Zigarette an, um seinen Trip zu entschleunigen. Zigaretten, so denke ich, sind Zeitentschleuniger. Er dreht seine Kappe auf links. Mit weißem Hemd und schwarzen Hosenträgern, passend zur schwarzen Stoffhose, geht er schnellen Schrittes auf mich zu. Seine Nasenspitze berührt die rechte Backe. Sechs rote Linien, zwischen Augen und Mund, waagerecht, durchkreuzen sein Gesicht. Es ist das tiefe E oben und das hohe E unten. Die Gitarre hat ganze Arbeit geleistet. In dem Moment, als er vor mir steht, nehme ich die Kippe vom Mund und hauche ihm meinen Lungenqualm, angereichert mit THC, in seine schiefe Fresse. Er bleibt höflich und korrekt.

Mann vom Schalter ohne Schalter: „Ja, meine Verwirrung mag Sie verwirren. Aber alles muss nach den Gegebenheiten und Umständen korrekt ablaufen und zu Ende gebracht werden."

Ich: „Korrekt?.... Wenn ich das Wort noch einmal höre. K wie Kotze, O wie Ohnmacht, R wie Ratte, noch ein R wie zwei Ratten, E wie Esel, K wie Doppel Kotze und T wie ......"

Androido: „Titten?"

Tarantino: „Titten?"

Ich: „Kurz, bevor ich in Ohnmacht falle und mir eine Frau entgegen läuft, verfolgt von zwei Ratten, sie mit einem tierischen Ausschnitt und mir die Titten entgegen wippend, kreischend, bevor sie vor mir stehen bleibt und ich aus Geilheit in ihr Dekolleté kotze, im selben Moment beißen sich die Ratten an ihrem Bein fest und ich kotze schon wieder in ihr Dekolleté aus Ekel. Das ist für mich Korrektheit."

Ich schaue dem Mann mit links gedrehter Kappe tief in die Augen. Inhaliere noch einen Zug des Tabaks, verspüre dabei einen Hauch von Unendlichkeit.

Der Mann vom Schalter ohne Schalter: „Wir sind deutsch, wir sind und bleiben korrekt, egal, was ihre Phantasien sagen. Behalten Sie Bodenhaftung."

Ich: „Ich zeige dir jetzt mal, was Bodenhaftung bedeutet. Nimm' die Kappe ab!"

Er nimmt die Kappe ab, er ist halt deutsch. Ich nehme die Gitarre und schlage zu und ramme ihn wie einen Zaunpfahl zurück, dahin, von wo er hergekommen ist.

Clint: „Die Deutschen machen mir Angst. Sie nehmen jede Anweisung hin. Lassen sich zerstampfen."

Die Tänzerin: „Korrektheit ist ihr Untergang."

Die Treppe (Teil 42)

Ich erwache. Vor mir der Rest von dem, was noch übrigbleibt. Die Toten singen lustige Lieder, ich tanze mit ihnen dazu, denn die Totengeister schwirren um uns und ich mit Ihnen. Wir vereinen uns, Hand in Hand. Brechen die Gezeiten. Zerwühlen die Dimensionen. Sind Herr über Raum und Zeit. Zerfließen wie Lava. Zerreißen die Gegenwart. Das Ende steht bevor und wir trotzen dem. Denn die Toten stehen uns bei.

Der Kontaktmann

Die Stadt liegt wie eine Jungfrau vor uns. Zerbrechlich wirken die Reichen. Ihr Gefüge, aufgebaut auf zerbrechlichen Knochen, die sich nicht erheben und hinterfragen. Die sich ducken und parieren, willkommen in Germania.

Der Wald verliert an Wildheit. Von Schritt zu Schritt wirkt er geordneter. Irgendwann stehen Bäume und Sträucher im Spalier, nach Größe und Farbe sortiert. Quadratische Formen bilden sich vor uns ab, prunkhaft beleuchtet, mit Fenstern bestückt. Die Architekten haben ihr ganzes Können zur Schau gestellt. Es ist atemberaubend. Formen schwingen ineinander. Aus eckigen Wänden bilden sich gebogene. Verschlingen sich gegenseitig, um sich zu überbieten. Und doch wirkt es kalt, künstlich. Nichts kann die Natur in ihrem Chaos ersetzen. Ein Chaos, welches in sich perfekt ist und funktioniert. Die Stadt wirkt so kalt, dass mir die Worte im Kopf einfrieren, bevor ich sie niederschreiben kann. Sprachlos bewegen wir uns fort und durchstreifen den Wohnkomplex. Alle scheinen friedlich zu schlafen. Hinter den Fenstern ist, wenn überhaupt, nur dezentes Licht wahrzunehmen, bis sich plötzlich zu unserer Linken eine Tür langsam, mechanisch öffnet. Ein Mann mit dicker Zigarre tritt in Flipflops hinaus. Braun gebrannt, weißes T-Shirt, kurze schwarze Hose, blonde kurze Haare, schlank. Ein arrogantes Grinsen im Gesicht.

Der Flipflop- Mann: „Hat einer Feuer für mich?"

Die Stille wird unterbrochen von Clints Schritten. Er zückt ein Streichholz, was sich wie von Geisterhand selbst entzündet. Eine Zigarrenlänge vor ihm bleibt er stehen und zündet sie an. Er beugt sich zu seinem Ohr und flüstert.

Clint: „Wer kommt zu so später Stunde, umeine Zigarre zu rauchen, vor seinem wohl behüteten Heim, ohne Feuer?"

Der Flipflop- Mann: „Ich!"

Clint flüstert weiter.

Clint: „Das ergibt keinen Sinn."
Der Flipflop- Mann: „Ich weiß."

Seine blonden Haare wechseln ins Dunkle, was Clint nicht im Geringsten irritiert.

Clint: „Bist du der Kontaktmann?"
Der Flipflop- Mann: „Ich denke."

Er macht einen kräftigen Zug an der Zigarre. Clint weicht von seinem Ohr zurück und dreht sich um 180 Grad. Und weil die Flamme immer noch brennt, zündelt er sich noch einen Zigarillo an, doch er bleibt stehen, mit dem Rücken zum Flipflop -Mann, den er vollständig verdeckt.

Die Tänzerin: „Wieso kommt er nicht zu uns?"
Albert: „Ungünstige Position."

Was er ihm ins Ohr geflüstert hat, wissen wir nicht. Der Himmel ist inzwischen sternenklar. Die dunklen Wolken haben sich verzogen. Zigarren- und Zigarillo -Qualm umhüllen Clints Silhouette, bis er ihn komplett umgibt. Für einen kurzen Moment sind Umrisse eines kleinen Mädchens zu erkennen, die aber gleich wieder vom Rauch verhüllt werden. Aus der Dunstwolke tritt der Fipflopmann hervor. Der Qualm legt sich zu Boden und wird in kreisförmigen Bewegungen in den Gulli gezogen. Clint ist verschwunden.

Der Flipflop -Mann: „Quentin, deine Geschichte fehlt noch."

Androido: „Wo ist Herr Eastwood?"
Der Flipflop -Mann: „Am Ende des Weges."
Tarantino: „Und jetzt meine Geschichte?"
Der Flipflop -Mann: „Ja."
Tarantino: „Wir treffen in Germania ein. Die Stadt der Reichen, die an der Oberfläche wohnen. Es sind nicht viele, aber damit sie in Saus und Braus leben können, werden Androiden benötigt und lebendes Personal, das unter der Erde lebt. Tageslicht sehen sie nur bei ihrer Arbeit. Was eine clevere Lösung ist, so freut man sich auf die Tätigkeit, es euch gut gehen zulassen. Und dann kommen wir, treffen auf dich, vielleicht die Kontaktperson, sind nur noch zu viert, aber entschlossen,

auch Blut fließen zu lassen. Würdest du vielleicht zwanzig Schritte zurück

flipfloppen?"

Der Flipflop- Mann: „Mach ich."

Tarantino: „Also der Flipflop -Mann geht 20 Schritte zurück. Ich zähle mit. 1, 2, 3, 4 ,5, 6, 7, 8, 9, 10 ,11, 12, 13, 14, 15, 16, 17 bei 18 erhebe ich meinen Raketenwerfer. Der Flipflop- Mann bleibt bei 19 stehen und schaut verstört. Was hat er denn gedacht? Der Typ mit der dicksten Wumme ist die Maria Gottes? Nein das ist der, der ein bisschen Spaß haben will. Ich drücke schon bei 19 ab. Das Geschoss packt ihn an der vorderen Mittelrippe, bohrt sich in seinen Brustkorb, um aber erst dann zu explodieren, als sie in Zweisamkeit die Hauswand erreichen. Dazu singt Tom Waits mit Begleitung eines Contra Basses „STEP RIGHT UP". Der Groove groovt, das weiße T-Shirt fliegt total zerfetzt ohne Inhalt in die Höhe. Die schwarze Hose fällt fast unbeschädigt senkrecht zu Boden, ebenfalls leer. Die Hauswand sieht aus, als hätte man sie mit zu lange gekochter Rote Beete beworfen. Ein Flipflop landet vor meinen Füßen, der andere bleibt an einem Ast im Baum hängen. Hätte man ihn rechtzeitig beschnitten, wäre das nicht passiert. Ganz zum Schluss schwingt seine Haarpracht zu Boden, wie eine Feder, diesmal in blau gefärbt."

Die Tänzerin: „Das nennt man wohl Live-Berichterstattung."

Tarantino: „Eigentlich wollte ich ja Live-Kommentator werden."

Albert: „Talent hast du ja."

Androido: „War der wichtig?"

Ich: „Ich hoffe nicht."

Die Treppe (Teil 43)

Bass- Beat, Tom Waits, Ich, Contrabass. Es wird Zeit, aus dem Groove des Lebens einen Toten zu erwecken, mit Kakerlaken, ordentlich Whisky und Holzbeize. So fülle ich den Leinensack mit diesen Dingen und verschließe ihn. Mein Plan, den ich noch nie besessen habe, fügt sich. Aus einer Seite werden viele. Aus Helden werden Menschen und aus Namen werden Gesichter. Ich halte die Luft an, mein Herz scheint still zu stehen. Die falsche Musik läuft und mir entfallen die Worte.

Das R verschwindet kurzzeitig

Wir alle sind mit Blut übersudelt. Neunzehn Schritte waren vielleicht zehn zu wenig.

Ich: „Deine Rakete hat noch nicht mal die Wand durchschlagen."

Tarantino: „Verstehe ich auch nicht."
Albert: „Und wie soll es jetzt ohne Clint und Kontaktmann weitergehen?"
Androido: „Was bringt mir das Laserschwert?"
Die Tänzerin: „Seht, sie erwachen."

Um uns erwachen die Reichen. Ein Knall hat sie aus dem Schlaf gerissen.
Die Armen, denk ich mir.

Wir huschen weiter und entkommen ihren Blicken, wissen aber nicht, wohin. Meine Tochter greift in den Leinensack und holt eine Schüssel mit Kakerlaken heraus, die versetzt ist mit einer stinkenden Brühe, stellt sie an eine Wand, die sich zu sechzig Grad zu uns neigt, circa zehn Meter lang und sechs Meter hoch. Sie ist bestückt mit runden Fenstern, die einen Durchmesser von dreißig cm haben und sich aneinanderreihen. Eingefasst in schwarzem Granit. Hellblaues Licht werfen sie vor uns auf den Boden. Schaut man hinein, sieht man nackte Füße, die sich im freien Raum bewegen. Es sind Schwimmbewegungen. Eine Frau schwimmt nackt über unseren Köpfen. Der Inhalt der Schüssel fängt an zu kochen. Von links tauchen drei Bläser, ein Contrabassspieler und ein Mann, der mit einem Holzstab auf ein hohles Stück Holz haut, auf. Es ist C.W. Stoneking. Er singt mit rauer Stimme, die nach Whisky stinkt, THE LOVE ME OR DIE. Die Kakerlaken winden sich vor Schmerzen nur kurz in der Brühe, dann bleiben sie leblos liegen und blubbern im Kochtakt mit.

Die Tänzerin: „Da schaut, eine Kakerlake ist raus gekrabbelt und hat überlebt."
Ich: „Das ist Tom."
Androido: „Wer ist Tom?"

Tarantino: „Waits?"
Ich: „Exakt. Hinterher, er zeigt uns den Weg."
Albert: „Hat der bei Boney M. gesungen?"
Ich: „Der schwarze Mann mit Afrolook?"
Albert: „Ja genau den mein' ich. Ich bin doch ein wandelndes Lexikon."

Jeder der ein wenig Ahnung hat weiß, dass dem nicht so ist.

Ich: „Ja, Albert, genau der ist das (nicht)."

Die Kakerlake findet im Lauf einen Zigarettenstummel, schnappt ihn sich und bleibt stehen, schiebt sich die viel zu große Kippe in den Mund.

Androido: „Wer hat denn Feuer?"
Tarantino: „Ich."

Quentin beugt sich zu ihm runter.

Tarantino: „Hi Tom, ich bin ein großer Verehrer von dir. Deine Musik ist der Groove des Untergrunds."

Er zündelt seine Zigarette an. Ein tiefer Zug und seine Körpermaße verzehnfachen sich. Es bilden sich Menschliche Gliedmaßen. So was wie Arme und Beine. Der Korpus bleibt kakerlakenhaft. Der eine Zug am Stängel und übrig ist nur der Filter. Mit Armen vorne und Beinen hinten bewegt er sich fort. An der nächsten Kreuzung stehen Lovern Baker und Tiny Tim und singen: „You're the Boss". Die Kakerlake mit Toms Beinen und Armen bewegt sich zielstrebig auf sie zu. Haut sie für eine Zigarette an, die er bekommt. Drei bis vier fette Züge reichen, um Toms Gestalt zu offenbaren. Seine Stimme abgekocht mit Whiskey und Beize spricht.

Tom Waits: „Wo ist .. ..Grott? Wo ist ….Crlint?"
Ich: „Wenn ich nach echts schaue, sehe ich sie nicht. Wenn ich nach links schaue, fehlt kein
Buchstabe." Tom Waits:
„Rrichtig."
Androido: „Das …. ist weg. Also das Ding zwischen q und s."
Tom Waits: „Das rrrr ist meins, ihrr brraucht es nicht mehrr."
Albert: „Wieso bauchst so viele davon?"
Tom Waits: „Rrrrauhe Stimme."

Im Erzählmodus ist das R natürlich geblieben. Hier ein Test. RUDI RATLOS RUDERT RÜCKWÄRTS RICHTUNG RURSEE... Geht doch.

Androido: „Wer ist udi atlos?
Ich: „Schnauze."
Tom Waits: „Meint ihrr Rrrudi Rrratlos?"
Ich: „Wer soll das denn sein? Kenn keinen mit so viel Buchstaben zwischen q und s."
Ta(r)antino : „Dann heiß ich jetzt Taantino?"
Tom: „Du hast das RRR vergessen zwischen a und a."
Die Tänze(r)in: „Eschießen wi ihn sofot?"
Androido: „Wäe gammatisch ichtig und nachvollziehba."
Ich: „Nein wi eschiessen jetzt mal niemanden. Wi bleiben uhig und vemeiden Wöte, bei denen ein Buchstabe zwischen q und s vokommt." Albert: „Das Ding zwischen q und s bauch ich fast nie."
Ich: „Fast."

Die Sonne erhebt sich ohne ein R am Horizont. Rrrrrrr schnauf. Wörter mit R sind tabu. Nur der Erzähler darf sie verwenden. Wir gehen weiter, Toms Zigarette klebt an seinem Mund. Seine Stimme zerreißt kleine Moleküle in Wassertropfen und er erzählt eine Geschichte mit vielen Rs, weil ...wir besitzen keine mehr.

Tom Waits: „Ich hatte nie einen Trraum. Die Hölle warrr mirrr näher als derrr Himmel. Crlint war so wie ich. Wirr aßen Stacheldrrraht, derr extrrem nach rrr schmeckte. Er trrank Whisky, ich Holzbeize unverrdünnthrrr. Derr Wirrthh schenkte unaufgeforrrrdert nach. Ich schubste Clint mit derr Schulterr an. Sogleich nahm err einen Contrrabass und zupfte los. Ich gab mit dem Glas den Takt an, indem ich auf die Holztheke klopfte. Die vierr zwielichtigen Gestalten am Tisch spielten Pokerr. Meine Stimme summte ein langegezogenes M, was

nach hinten herraus zum weichen RR wurrrde. Diamonds on My Windshield, sang ich nach dem MMMMMRRRRRRR. Die Rrestliche Farrbe, die in dieserr Kneipe noch vorrhanden war, blätterrte vom Holz. Drrei lesbische Engel betrraten die Spelunke. Hhhhuuuuu. Eine trrug Barrrrrt. Was sie nicht wissen, da wo ich war, ist die Hölle und ich war des Teufels derr bester Kumpel . Aberr heute war mein frreierr Tag. Da drrrfte man etwas netterr sein als sonst. Crlint Groovt am Bass herrum. Die 4rr Pokerspielerr spielten ihrr Spiel. Der rrunde Schwabbelkopf des Wirrts sabberrt. Das Englein mit dem Barrt bestellte drrei white rrrussian. Ich nahm auch drrei, du auch Crlint? Sagte ich zum aabberrnden Wirrt mit Blick zu Mr. Eastwood."
Albert: „White ussian?"
Tom Waits: „Ne,
rrussian."
Die Tänzerin: „Wieso hatte eine einen
Bat?" Tom Waits: „ Barrt."
Androido: „Weil sie Lesben
waren." Tom Waits: „Rrrichtig."
Tarantino: „Ezähl weite."
Tom Waits : „Eurre Aussprrache lässt zu denken übrrig."
Ich: „Wi sind hie geade im gammatischen Genzbeeich ."
Tom Waits: „Dann lasst die Wörrterr mit rrr weg."

Ich: „Ja ok, Schnack deine Geschichte den Umständen und Gegebenheiten ....äääää..na husch, mach schon."
Tom Waits:„Weiterr meinst du?"
Ich: „Jaha."
Androido: „Man könnte ihn platt machen (sollen wir ihn nicht lieber töten)?"

In Klammern darf man das R auch verwenden, siehe oben.

Tom Waits: „Wegen einem RR?"

Androido: „Es sind schon Leute abgenippelt für weniger und es ergab keinen Sinn."

Er hätte den Satz wohl was tiefsinniger in den Raum geschmissen, wenn das Problem mit dem R nicht gewesen wäre.

Tom Waits: „Komprromiss. Ich lasse es bei einem RR verbleiben in meinerr Sprrache."

Die Tänzerin: „Ja wann denn?"

Tom Waits: „Jetzt!"

Ich: „Da ist kein Dings zwischen q und s din."

Tom Waits: „Ich weiß."

Ich: „Ja, da auch nicht."

Tom Waits: „Stimmt."

Androido zückt sein Laserschwert.

Tom Waits: „Ganz ruhig ihr Rudel Wilder."

Albert: „Geht doch."

Die Tänzerin: „Albert sag doch was mit einem r."

Albert: „Albert."

Tom Waits:"Da ich ja frei hatte, wie schon erwähnt, schnappte ich mir einen Engel ohne Bart. Also direkt zwei. Clint spielte immer noch wie besessen den Groove. Ich tanzte steif wie ein Knochen mit beiden. Meine Stimme bügelte alle körperlichen Gebrechen glatt. Es kommt auf die Körperspannung an und die besaß ich. Keine Bewegung zu viel. Mit zwei Händen führte ich beide. Die vier am Tisch spielten weiter unbeachtet der Dinge Poker. Was sich vor dem sabbernden Wirt abspielte. Die Bärtige kippt sich alle white Russian und Whiskys hinter die Binde. Sie hielt für einen Moment inne, schüttelte sich kurz. Die Eingangstür schlug auf und ein heftiger Windstoß riss ihr weißes

Gewand vom Körper. Ihre Brüste wippten und ihr Kopf lief rot an. Der Schwabbelschädel des Wirts auch. Aus beiden Mundwinkeln tropfte sein Sabber auf seinen fetten Bauch. Die Vier spielten weiter am Tisch wie Besessene und verblüfften die Bärtige. Ich drehte mit den zwei flügelschlagenden Engeln weiter meine Pirouetten. Ein verschwitztes Lächeln entglitt mir dabei. Der nackte Engel wendete sich vom Wirt ab und ging zu den Pokerspielern, mit wippenden Brüsten. „Nehmt mich!", hauchte sie unwiderstehlich den Vieren entgegen. Alle vier gleichzeitig bitte, sagte ihre Stimme entschieden. Und ich rief:

„Und das dicke Etwas hinter der Theke?"

Sie warf ihm einen Blick zu, ohne dass sich ihr Oberkörper mitdrehte. Der Schädel vom Wirt zerplatzte und die eine Gehirnzelle titschte wie ein Flummi zu Boden. Die vier Kartenkünstler verweigerten jede Aufmerksamkeit, die nichts mit Poker zu tun hatte. Aus ihrem roten Kopf wuchsen zwei Hörner, die sich durch ihr schwarzes Haar bohrten. Sie stieß gelben Schwefelrauch aus Nase und Ohren. Full House sagte einer in ruhiger Stimme am Tisch, den sie dann wegtrat. Die vier saßen ohne Tisch da, Karten flogen durch die Luft. Geldmünzen klimperten am Boden. Christoph Waltz betrat im selben Moment das Lokal. Mit grauem Bart. Ganze schnieke gekleidet. Komischer Hut, komische Hose und mit komischen Schuhen. Doch komisch war hier gerade nix."
Tarantino: „Und dann?"
Tom Waits: „Hab' ich vergessen."
Tarantino: „Wie?"
Tom Waits: „Na vergessen,.....fast."
Tarantino: „Wie fast?"

Tom nimmt einen tiefen Zug an der Kippe und zeigt seine Zähne dabei.

Tarantino: „Fast vergessen heißt, der Rest der Geschichte kreist noch in deinem Kopf herum."
Tom: „Ok. Wie schon erwähnt, der Waltz kam rein, mit komischem Hut, komischer Hose und komischen Schuhen."
Tarantino: „Ja wie komisch?"
Tom: „Ist doch jetzt Nebensache."
Tarantino: „Dann komm endlich zur Sache."

Tom nimmt noch einen tiefen Zug und zeigt wieder seine Zähne.

Tom: „Also der Waltz mit dem komischen Hut usw. kam rein und schaute sich um, sah das, was ich euch geschildert habe und mein... aber mit Verlaub... wie kann ein Engel mit Bart von vier Kartenspielern genommen werden wollen? Wie jetzt sagte ich zu ihm. Sonst wäre er bisexuell, sagt der Waltz. Und er meinte noch, mach' ihn bi."
Tarantino: „Das gibt es nicht!"
Tom: „Ja, ich denk', mich trifft der Blitz in doppelter Ausführung."

Tarantino: „Das geht ja gar nicht. Also der Waltz kommt einfach in deine Geschichte, sieht, was geschieht und sagt quasi, jetzt ist es meine Geschichte?"
Tom: „Kommt noch besser."
Tarantino: „Nee?"
Tom: „Doch!"

Tom zieht in einem Zug die halbe Zigarette bis zum Filter blank und zeigt Zähne.

Tom: „Und dann schmiss er mit seinem arroganten Grinsen noch hinterher, - also zwei lesbische und ein bisexueller Engel."

Tarantino total entsetzt: "Nee?"
Tom : "Doch."

Tom raucht den Filter auch noch weg und zeigt Zähne.

Tom: „Und dann sagte der Klugscheißer noch, nein, es heißt DER ENGEL."
Albert: „Also sind alle Engel männlich?"
Tom: „Was weiß ich."
Androido: „Anscheinend nicht viel."

Tom zeigt nur Zähne.

Tarantino: „Ja und dann?"
Tom: „Und dann? Die ganze Geschichte im Arsch."
Tarantino: „Was haben denn dann die bisexuellen männlichen Lesben gemacht?"
Tom: „Nix."
Tarantino: „Wat für ein Scheiß."

Tom: „Ja, wie ich schon sagte, Geschichte im Arsch."
Tarantino: „Der Waltz, der Lümmel. Oscarreif wie immer."

Die Treppe (Teil 44)

Himmel und Hölle vereinen sich. Ein Flummi hüpft planlos auf Holzboden. Sterne fallen zu Boden, nicht größer als eine Gehirnzelle.

Ein Sturm setzt ein, verbiegt Raum und Zeit, Größe und Wirklichkeit. Ein Schmetterling widersetzt sich den Gewalten. Er wirkt nicht planlos. Er kennt sein Ziel. In sanften Bewegungen hält er die Richtung. Wie ein guter Steuermann auf hoher See, egal, von wo der Wind weht.

Der Hühnertanz

Vor uns führt eine Treppe aus Beton und teilweise schon mit Moos übersät, nach unten.

Tom Waits: „Folgt mir!"

Was wir auch machen. Albert stützt dabei meine Tochter und ein Gedanke durchkreuzt meine Gehirnwellen. WIESO STÜTZE ICH SIE NICHT? Als Vater war oder bin ich sehr speziell. Dränge mich nicht auf, halte mich gerne diskret zurück. Möchte nicht zwingen, möchte Freiraum schaffen. Eine Blume, die nicht blüht, kann ich auch nicht mit ständigem Bewässern zur Entfaltung bringen. Sie wird ertrinken, trotz Sonne. Das Leben hält viele Rätsel für uns parat. Wir müssen sie nur entschlüsseln.

Unten angekommen stehen wir vor einer Metalltür.

Tom Waits: „Die ist verschlossen."
Albert: „Und wer hat den Schlüssel?"

Die Tänzerin wendet sich zu Albert.

Die Tänzerin: „Du!"

Albert tritt vor die Tür, berührt sie mit den Fingerspitzen. Sein rechtes Bein geht seitlich einen halben Meter nach hinten, um einen sicheren Stand zu erhalten. Er baut nun Körperspannung auf. Eine kurze Bewegung aus der Hüfte, die sich auf den Oberarm überträgt und sie weitergibt bis in die Fingerspitzen, die einknicken, bis sie eine Faust bilden. Der Ein-Inch-Schlag ist dumpf und doch gewaltig. Albert wiederholt den Vorgang zehnmal, bis die Metalltür wie eine Eiche zu Boden fällt. Ein tiefer Basston hallt uns aus den Katakomben entgegen, wie Didgeridoo. Selbst Toms Backen vibrieren. Wie ein Windzug entkommen die Geräusche, streifen an uns vorbei und fließen die Treppe aufwärts an die Oberfläche. Zurück bleibt Stille und Finsternis.

Tom: „Etwas Licht und Musik wären nicht schlecht."

Die Tänzerin greift in den Leinensack und ihre Hand ist zur Faust geformt, die sie vor ihren Mund hält. Sie streckt die Fingerspitzen und pustet sanft hinein. Hunderte von Glühwürmchen zerstreuen sich vor uns. Ich schiebe die Gitarre vom Rücken auf den Bauch, stimme die Seiten. Die E-Gitarre klingt ohne Verstärker etwas verhalten, doch da die Wände nicht weiter als zwei Meter auseinander sind, klingt es ganz akzeptabel. Zupfe Coconut von Harry Nilsson. Vielleicht für die Gegebenheiten etwas zu optimistisch, aber nicht für Albert. Er macht abgehackte Tanzbewegungen und setzt gleich mit dem Gesang ein. Er tanzt wie ein Huhn und singt auch so.

Wie tanzt ein Huhn? Ja, so wie Albert. Wenn ihr ein Huhn im Garten habt (oder der Nachbar), geht hin und spielt Coconut. Das Huhn geht elegant, stolzen Schrittes weiter, aber der Kopf, der oft abgehackt wird, macht die Senkrechte, im Rhythmus. Kurzer Hals, langer Hals. Der Schritt natürlich angepasst dem Halsstrecken oder Schrumpfen. So tanzen Hühner und Albert. Tja, und wir folgen ihm so, Hals strecken und schrumpfen, im Wechsel. Wenn drei Köpfe nach unten gehen, gehen im selben Moment drei nach oben. Die Schrittfolge ist bei allen sechs gleich. Und wie wir gerade so lustig den Hals strecken und zusammenziehen, noch ein Tipp. Die Musik, die ich hier beschreibe mit Titel und Interpret, gibt es wirklich. Für alle Ottos, die keinen Plan haben: Suchen, finden und dann zur passenden Stelle hören und lesen.

Androido: „Das sagst du erst jetzt."
Ich: „So ist es. Im Zweifelsfalle von vorne lesen."

Also mit wippenden Köpfen schreiten oder stolzieren wir durch die Katakomben. Hier unten lebt man von den Abfällen der Reichen. Doch so sehen wir auf den ersten Schritten niemanden. Wo sind die Schmarotzer? Die da oben haben sich alles hart erarbeitet. Die hier unten, die wir nicht sehen, leben von den Kernen der Früchte. Unser Tanz stoppt.

Ich: „Wo sind sie alle?"
Tom: „Um ein paar Vielfraße am Leben zu halten, braucht man viele, die sich bücken. Es ist ein in sich geschlossenes System. Und das funktioniert auf Dauer nur maschinell oder mit Androiden."

Die Tänzerin: „Also gibt es hier unten keine Menschen?"
Tom: „Nein, gibt es nicht."
Tarantino: „Und wieso tanzen wir dann den verkackten Hühnertanz?"
Tom: „Was weiß ich."

So gehen wir im Takt weiter. Gänge kreuzen sich, doch wir behalten die Richtung, immer geradeaus. Tom lässt keinen Zweifel an seiner Wegführung aufkommen. Vor uns taucht ein wippender Lichtstrahl auf, der passend zu unserem Rhythmus auf und ab geht. Alberts Gesang wird leiser. Der Lichtstrahl vor uns, der näher kommt, singt dasselbe wie Albert.   Man erkennt eine schlaksige Figur. Albert verstummt und fragt:

„Wer ist das?"-Tom: „Bingo-Bongo Uli."

Zwei Meter vor uns bleibt dieses bleiche Gerippe stehen, mit kurzer Hose. Zwei dünne weiße Stengel, die aus den Hosenbeinen gelangen und in Sandalen mit Socken enden, den knochigen Oberkörper frei. Blonde Haare mit Seitenscheitel und glattem Gesicht, auch in weiß, wippen auf und ab passend zum Hühnertanz. Sein Grinsen durchschneidet sein Gesicht in zwei Hälften. Ich höre auf, die Gitarre zu zupfen. Albert verstummt mit mir. Bingo-Bongo-Uli verschließt seinen Mund wie einen Reißverschluss. Stille für wenige Sekunden.

Bingo Bongo Uli: „Na, ihr Spackos!"

Dabei wippt sein Oberkörper nach rechts und links, als würden seine Grätenbeine gleich umknicken.

Die Tänzerin: „Also doch ein Mensch."
Tom: „Den hab' ich ganz vergessen."

Androido: „Zu füttern?"
Tarantino: „Was für eine Rolle spielt der denn hier unten?"
Tom: „Er war mal der Bürgermeister dieser Stadt."
Ich: „Und dann dachten die Bürger, wir hätten gerne einen, der Ralf oder Erwin heißt, nicht Bingo-Bongo-Uli, und haben ihn in der Toilettenspülung verabschiedet."
Bingo-Bongo-Uli: „Exakt. Doch die Tendenz ging mehr Richtung Holger und Bronko."

Dabei wippt er immer noch mit der Hüfte, die gleich zerbrechen könnte, oder einknickt.

Androido: „Wie kann man denn hier unten überleben?"
Bingo-Bongo-Uli: „Von dem Scheiß der Reichen."
Albert: „Dann würde ich auch nur im Notfall essen."
Tom: „Hier ein Apfel."
Bingo Bongo Uli: „Danke."

Er schluckt ihn komplett runter. Seine Backen werden dick. Er schluckt. Man sieht, wie der Apfel den Hals runter gleitet und in den Magen plumpst, was man hört und ebenfalls sieht. Er hat jetzt eine Beule im Bauch.

Bingo-Bongo-Uli: „So, ich bringe euch jetzt zur anderen Seite. Folgt mir. Wir müssen an der nächsten Kreuzung rechts, dann zweimal geradeaus, wieder rechts, dann links. Dreimal geradeaus, rechts, links, einmal geradeaus. Links, links dann rechts. Viermal geradeaus, links, links, rechts, rechts. Dann sind wir wieder hier."
Tom: „Was?"
Bingo Bongo Uli: „War nur Spaß. Kommt, ihr Luschen, folgt mir."

Wie kann man, in völliger Dunkelheit lebend, sich nur von Scheiße ernährend, so gut drauf sein? Frag' ich mich. Irgendwas mach' ich falsch.

Bingo-Bongo-Uli: „Musik bitte, Herr Gitarrenmeister."
Ich: „Gibt es Vorlieben?"
Bingo Bongo Uli: „Natürlich. Wildnis von Moop Mama."
Ich: „Wie soll das gehen? Da gibt es keine Gitarre, da braucht man ne Tuba und anderen Schnickschnack."
Bingo Bongo Uli: „Ja, muss ich jetzt in den Sack greifen?"

Die Tänzerin: „Nein, das mach' schon ich."

Sie zieht eine Riesentuba hervor, die sich Bingo-Bongo-Uli schnappt. Er pustet die Backen auf und ein tiefer dumpfer Hall verlässt das Horn. Ich bekomme eine Trommel, Albert eine Trompete und Androido die Posaune. Tom und Quentin machen den Gesang. Der König verliert seine Krone, singen sie. Die Tänzerin versucht, dazu zu tanzen, doch ihre Beine versagen. Tarantino stützt sie. Hier töten sie ihre Idole, raunt Tom Waits Stimme. So durchkreuzen wir die Katakomben, bis wir schließlich eine Treppe erreichen, die nach oben führt. Bingo-Bongo-Uli drückt mir seine Uhr in die Hand.

Bingo-Bongo-Uli: „Macht es gut."

In die Posaune hinein pustend verschwindet er in den Gängen hinter uns. Vor uns die Stufen schimmern im hellen Sonnenlicht. Die Ausgangstür steht offen. Albert geht voraus, dann folgen Tom, Androido und Quentin. Ich stütze meine Tochter und auch wir folgen. Oben angekommen liegt die Stadt hinter uns, vor uns ein Fluss, so wie Clint es gesagt hat. Das Wasser windet sich durch Gestein. Ca. drei Meter breit frisst er sich immer tiefer. Steter Tropfen höhlt den Stein. Von rechts fließt er abwärts nach links. Sein Plätschern und Rauschen lässtuns verstummen. Die Stille wird von Androidos Frage durchschnitten:

„Gehen wir flussaufwärts oder -abwärts?"
Die Tänzerin: „Da, wo die dunklen Wolken kreisen, durchzogen von Blitzen."
Albert: „Also flussaufwärts zur Quelle?"
Tom Waits: „So ist es."
Tarantino: „Mitten ins Unwetter?"
Tom Waits: „Ja genau."

Seine Stimme klingt auf einmal ganz sanft.

Die Tänzerin: „Ich werde versuchen, den Weg zur Quelle rückwärts zu tanzen."

Sie drückt mich beiseite und ihre Schritte, die am Anfang noch gebrechlich wirken, werden von Mal zu Mal geschmeidiger. Die Flora um uns, Bäume, Sträucher und Gräser wechseln minütlich ihre Optik. Blätter werden von braun zu rot, um dann ins Grün zu wechseln. Jahreszeiten huschen im Rückwärtsgang an uns vorbei. Ich schaue auf die Uhr, die mir Bingo Bongo Uli gegeben hat. Die Zeiger kreisen links herum. Zwei Schnecken überholen mich, ihre Köpfe zeigen in die Richtung, aus der sie kommen. Der Fluss wird unerheblich höher, aber schmäler. Von weitem erkennt man ein Haus. Es scheint an der Quelle zu liegen, umhüllt von Blitzen und dunklen Wolken.

Die Treppe (Teil 45)

Blitze zucken am Himmel. Dunkle Wolken wissen nicht wohin. Die Tänzerin hebt ihre Hände Richtung Unendlichkeit. Sterne kreisen und verschlucken die dunklen Wolken in ihrem Wirbel. Blitze erlöschen und fallen wie Sternschnuppen vom Himmel. Um uns fällt der Sternenstaub und lässt das satte Grün der Wiesen glitzern. Eine leise sanfte Melodie hüllt uns ein wie ein Seidenmantel. Die Zeit hat ihre Existenz verloren. Irrt planlos, wie eine Uhr ohne Zeiger, im Nichts umher.

………

Clint sitzt im Schaukelstuhl auf der Veranda, vor dem Haus an der Quelle. Von weitem sah das Haus noch sehr alt aus, aber jetzt glänzt es und wirkt wie neu. Alles hat sich verjüngt, nur wir, Albert, die Tänzerin, Tarantino, Tom, und ich, Clint sowieso nicht. Meine Tochter bricht erschöpft vor dem Haus zusammen. Clint fängt sie auf.

Clint: „Es sind nur noch achtzehn Schritte, Mädchen."

Die Treppe (vorletzter Teil)

Achtzehn Schritte ist die Anzahl der Stufen.

Engel brüllen leise

Die Quelle des Flusses sind meine Kindheitstränen. Ein Schmetterling schwirrt umher.

Steter Tropfen höhlt den Stein

Ich stehe mit beiden Füßen, barfuß, im Tränennass. Ein Schmetterling schwirrt umher.

Dampfwalze

Ich liege im Fluss der Tränen und schnappe nach Luft. Ein Schmetterling schwirrt umher.

2089 nach Christus

Ich suche den Fluss der Tränen und keinen Schmetterling in sich.

Die Treppe (Letzter Teil 2090)

Clint wirkt ruhig und gefasst. Er hält meine Tochter. Mit der linken Hand, die noch frei ist, öffnet er die Eingangstür, die in seinem Rücken liegt. Ohne sich ihr zu zuwenden, schlägt er sie auf. Androido gibt mir einen Stups. Heißt so viel wie—nimm deine Tochter und begleite sie die 18 Stufen hoch.

Clint: „Heute ist der 28.1.2015. Es ist noch früh am Abend."

Albert kennt Zahlen und Fakten und weiß ganz genau, um welchen Tag es sich handelt. Er nimmt Quentin beiseite. Albert flüstert ihm ins Ohr.

„Bleib' hier bei mir!"

Androido wirkt bewegt, obwohl er das eigentlich nicht sein kann. Tom, vom Teufel persönlich beauftragt, hält inne.

Ich gehe zur Tänzerin.

Ich: „Noch achtzehn Schritte."
Die Tänzerin: „Ich weiß. Alleine schaffe ich das nicht.
Ich: „Ich bringe dich ans Ziel."

Ich umgreife ihren Unterarm. Sie wirkt leicht wie eine Feder. Sie war nie am Grab ihrer kleinen Schwester. Wir gehen gemeinsam die achtzehn Stufen hoch.

Stufe 1. Hat sechs Kerben längs in unsere Richtung. Sie waren schon immer da.

Stufe 2. Sieht ganz normal aus.

Stufe 3. Hat rechts einen kleinen Riss.

Stufe 4. Ist durchzogen mit Maserungen.

Stufe 5. Hat auf der rechten Seite mittig einen Riss.

Stufe 6. Hat rechts und links einen Riss, der sehr weit auseinanderklafft.

Stufe 7. Die perfekt scheint, ist die, bei der mir eine Träne entgleitet"

Stufe 8. Ist die, bei der meine Tochter sagt, noch zehn.

Stufe 9. Ist die, bei der ich denke, es sind doch nur insgesamt dreizehn Stufen. Also noch vier.

Stufe 10. Ist die, bei der meine Tochter meint – es fehlen fünf Stufen."

Stufe 11. Bei der ich sage, ich hab' mich verzählt.

Stufe 12. Bei der meine Tochter sagt: „Nicht komisch", und doch huscht ihr ein Grinsen übers Gesicht.

Das Schicksal ergreift meinen Hals und drückt feste zu. Ich ergreife es mit meiner linken Hand und werfe es fort.

Stufe 13. Die letzte Stufe.

Die Tür rechts am Ende der Treppe steht offen. Ich bringe sie hinein. Im Bett liegt ihre kleine Schwester und hält im Schlaf ihren Schlafbär fest. Die große Schwester legt sich total erschöpft zu ihr. Die Kleine legt die Hand um ihren Hals. Die Tänzerin schläft ein. Ich schaue zu. Sehe wie sie atmen. Die eine noch keine fünf Jahre, die andere alt und zerbrechlich. Die Körper beider erheben und senken sich. Die Jüngste dreht sich auf den Bauch, ihre Atmung holt ein letztes Mal Luft. Die Hand der Tänzerin hält sie fest und auch ihre Atmung holt ein letztes Mal Luft. Der Schlafbär fällt zu Boden.
In diesem Moment haben beide das Licht verlassen und fallen ins Unendliche.
Ich ergreife ihre beiden Hände. Noch fühlen sie sich warm an.
Das Leben ist wie ein Seitensprung.
Das Leben übergibt sich.
Und ich bin unendlich. Ich
spüre, wie ich atme. Ein
und aus.
Ein und aus. Und
immer fort.
Ich beschließe, dieses immer und immer wieder zu wiederholen.
So lange, bis man mich am Arsch lecken kann.
Amen.

Es kommt, wie es kommen muss. Der Mann am Schalter betritt den Raum.

Der Mann am Schalter: „Der Nächste bitte."